SPICA
VERLAGS- & VERTRIEBS GMBH

1. Auflage, 2013

Satz: SPICA Verlags- & Vertriebs GmbH
Lektorat: Dr. Wolfgang Mahlow
Umschlagabbildung: Fotolia | Oleksandr Sobko
Druck und Bindung: PRINT GROUP Sp. z o. o., Szczecin

ISBN 978-3-943168-27-3

Gerlinde Lange

Mein unglaublicher Weg

www.spica-verlag.de

Ich danke allen,
die in der Tiefe ihres Herzens an mich geglaubt
und vorbehaltlos zu mir gehalten haben.

All denen, die ein
ähnliches Schicksal wie ich erlitten haben,
möchte ich Mut machen,
den Kampf mit sich selbst nie aufzugeben.

Dass ich lebe, ist nicht mein Verdienst, nur klarkommen muss ich damit. Seit zwölf Wochen ist mein rechter Fuß amputiert. Ich trage eine Prothese.

Die Mutter, die ich war, kann ich nicht mehr sein. Als Frau und Partnerin muss ich mich nach dreiunddreißig Jahren neu finden. Was mute ich meinen Kindern und meinem Mann zu! – Nein, das habe ich nicht gewollt.

Und da ist noch eine Kleinigkeit. Mein geliebter Beruf, werde ich ihn je wieder ausüben können?

Oh Gott, wie werde ich das alles aushalten?

Was ist eigentlich an mir noch so, wie vor dem Oktober 2011? Meine zwei Augen. Ja, inzwischen achte ich sehr auf die Anzahl von Augen, Ohren, Fingern, denn eine ungerade Zahl bedeutet nichts Gutes. Die Augen, sie sind braun, klein, rund und meistens guter Dinge. Sie waren in den letzten Wochen meine Freunde. Wie viele Augen habe ich gesehen? Wie viele Augen haben mich gesehen? Und wie oft konnte ich nur reden mit den Augen. Andererseits ist die Sache auch ganz praktisch. Wenn man nicht mehr möchte oder nicht mehr kann, macht man sie zu.

Nein, es ist nicht alles gut. Sie weinen in den letzten Wochen so furchtbar schnell, mit einer Intensität, die ich nicht für möglich hielt. Warum hat die Natur diese Mengen an Tränen geschaffen? So viele brauchen wir nicht! Oder liegt es an mir?

Da ich im Moment für ziemlich viel verantwortlich bin, sage ich: »Nein!«

Inzwischen ist ein Jahr vergangen. Zwölf lange Monate. Ich bin weit gegangen. Auf einem Fuß.

Ich sitze und schreibe, lese in meinem Buch noch einmal. Am besten, ich fange mit mir selbst an. Ich, das ist niemand anderes als Gerlinde Lange aus einer Kleinstadt in Vorpommern, 53 Jahre, verheiratet, zwei Kinder, ein kleines Häuschen, ein kleines Auto und ganz viel Freude. Jetzt so gelesen, ist das verdammt langweilig, das kann ja nicht gut gehen. Noch ein Vermerk: Wir haben beide Berufe, die uns richtig gut tun.

Und so was in der heutigen Zeit. Zugegeben, wir arbeiten beide nicht in der Politik und Weltwirtschaft, was auch gut so ist, wir haben wahrlich ausreichend andere Probleme. In dieser Welt hatte ich mich eingerichtet, und so sollte es möglichst noch viele Jahre bleiben.

Also, ich bin Mutter, Ehefrau, Schwester, Schwägerin, Tante, Freundin, Nachbarin und Kollegin. Hatte ich jedoch unsere stattliche Verwandtschaft bis dahin als etwas Selbstverständliches wahrgenommen, wurde sie für uns plötzlich überlebenswichtig.

Es fällt mir schwer, über das zu schreiben, was mir passiert ist. Ich kann mich mir selbst nur vorsichtig nähern.

Vielleicht so: Gerlinde Lange, die Nachbarin.

Nach erstem Entsetzen erwies sich unsere kleine Straße als hilfreich, manchmal kurios, immer aber mitfühlend und ausgesprochen praktisch veranlagt. Immerhin 18 Häuser und alle bewohnt. Wer jetzt irritiert ist, darf nicht vergessen: Wir sind hier in Vorpommern, da zählt jedes Haus und jeder

Einwohner! Aber zurück zum Eigentlichen. Es war und ist für uns ein erstaunliches Erlebnis, mit wie viel Menschlichkeit unsere Straße seit dem 12. Oktober 2011 reagiert hat. Ich mag diese Straße.

Auch eine Kollegin bin ich immer noch. – Eine schwierige Situation, nicht nur für mich. Ich werde zu einem späteren Zeitpunkt darüber schreiben. Vielleicht fällt dieser Abschnitt für uns alle dann günstiger aus.

Lieber das Kapitel Mutter.

Ich war es vor dem 12. Oktober und bin es danach. Oh, ich mag meine Jungs. Wir haben alles erlebt. Die ersten Schritte, das erste Fahrrad, die ersten nicht gemachten Hausaufgaben, den ersten Führerschein. Alle Mütter dieser Welt wissen, für eine lückenlose Dokumentation könnte ich noch unzählige Beispiele nennen. Wir haben über alles miteinander geredet, nur eines hatten wir nicht besprochen: Dass nichts unendlich ist. Ich dachte, ich hätte noch genügend Zeit dafür. Doch nun, elf Tage Intensivstation mit Sauerstoff auf der Nase und desolatem Allgemeinzustand, da war Eile geboten. Ich habe meine erwachsenen Jungs ›einfliegen‹ lassen. Gefragt habe ich sie, was ich unbedingt noch fragen musste, und gesagt habe ich ihnen, was ich unbedingt noch sagen wollte. Mein abschließender Satz war: »Passt gut auf euren Vater auf!«

Ich muss das Schreiben unterbrechen. Im Moment habe ich gerade mit dem Defizit meiner sonst so treuen Augen zu kämpfen. Nach einer kurzen Pause geht es weiter.

Ich habe gelernt, dass wir unsere Kinder nicht vor allem Bösen dieser Welt schützen können, auch als Mütter nicht. Wir haben jetzt März 2012. Wir können manchmal schon darüber reden mit einem kleinen Lächeln. Ist das nicht ein Wahnsinnslohn?

Unbedingt erwähnen möchte ich auch die Freundinnen und Freunde unserer Jungs. Sie hatten im Jahr 2011 bestimmt bessere Sachen geplant, doch sie waren alle für uns da. Darum Vorsicht mit Äußerungen über die »Jugend von heute«, es sind tolle Leute.

Dann also die Ehefrau.

Der Punkt darf nicht fehlen in meiner, nein, unserer Aufarbeitung. Wie schnell sagt man: »In guten wie in schlechten Zeiten ...«, ich kann die Angelegenheit noch enorm steigern: »... bis dass der Tod uns scheidet.«

Wissen wir überhaupt, was wir da sagen? Ich glaube, mein Mann und ich konnten uns die vielen Jahre ganz gut leiden. Aber hierauf waren wir nicht vorbereitet und wir haben das beide nicht gewollt. In den ersten Wochen funktionierten wir vor allem in der Verantwortung als Eltern und wollten größeres Unheil von unseren Söhnen fernhalten. Aber das ist keine Lösung für die Ewigkeit. Schmerzlich stellten wir beide fest: Es ist nichts mehr, wie es war. Kluge Ratschläge konnten uns nicht helfen. Andererseits kann man unglaubliche Sachen erleben, wenn man, so wie ich im Moment, auf der ungünstigeren Seite des Lebens steht. Wir werden oft gefragt, wie wir beide denn zurechtkommen? Ja wie? Mit viel Mühe versuchen wir in die Normalität zurückzufinden. Was diese Normalität ausmacht, möchte ich nicht unnötig vertiefen.

Möge jeder seine eigene Interpretation dafür finden. Mein Mann ist in den letzten Wochen zehn Kilo leichter, leiser und älter geworden. Dabei war er nie übergewichtig, nie laut und ist ohnehin älter als ich. Er tut mir sehr leid.

Wenn Freunde mich nach unserem Befinden fragen, traue ich mich, deutlicher zu werden. Würde mein Mann gehen, wäre er ein Schwein – ich kann es nicht anders sagen –, mindestens aber ein schlechter Mensch. Beides ist er nicht. Käme andererseits ich auf die Idee wegzugehen, endete mein Ausflug spätestens bei unseren Nachbarn, da meine Kondition nicht weiter reicht. Liebevoll würden sie mich nach Hause bringen, da sie definitiv wüssten, es handelt sich um ein Missverständnis. So sind wir dann beide wieder heimgekommen.

Mit vielen guten Vorsätzen, durchaus bereit, Fehler zu machen, möchte ich am Ende sagen können, wir haben es geschafft.

Nun möchte ich mich den Freundinnen widmen. Manche haben ja viele, schöne, unheimlich einflussreiche, erfolgreiche Freundinnen. Wo sie die nur alle herhaben? Auch wird gerne die Erfahrung zitiert: In der größten Not erkennt man wahre Freunde. Ich war in größter Not, doch meine Freunde möchte ich nicht danach beurteilen.

Zwei Frauen aus meinem Freundeskreis haben Unglaubliches geleistet. Sie haben mich durch so ein tiefes Tal begleitet – so etwas kann man nicht üben, das kann man sich auch nicht vornehmen, das macht man. Später möchte ich sie fragen, wie sie über Wochen solch einen Ausnahmezustand aushalten konnten, ohne sich ihre eigene Erschöpfung und Sorge um die Situation anmerken zu lassen. Nur wenige Details möchte ich benennen, denn ich muss mich auch selbst schützen. Es gibt Momente, die schreibt man nicht auf. Sie erledigten nicht nur Formalitäten, welche durch meine Berufstätigkeit notwendig waren, mit einer beispiellosen Sorgfalt, wie die Benachrichtigung der Krankenkasse, der Rentenkasse, der Versicherungen, des Hebammenverbandes und vieles mehr, nein, sie kümmerten sich auch um ganz irdische Probleme, welche sich einstellen, wenn man für Monate in der Klinik sein wird und sich ein Kuraufenthalt daran anschließt.

Auch meinen Beruf möchte ich kundtun. Ich bin Hebamme. Und das seit vierunddreißig Jahren, ich kann mir nicht verkneifen, es zu erwähnen. Von den vierunddreißig Jahren übe ich den Beruf seit zwanzig Jahren freiberuflich aus. Wer in ähnlichen beruflichen Konstellationen steht, weiß, welche Katastrophe ich mit der Krankheit heraufbeschworen habe. Ich wünsche es niemandem. Auch dieses Leid teilten meine beiden treuen Seelen mit mir.

Was habe ich nicht schon geweint bei dem Gedanken, meinen Beruf nie wieder ausüben zu können. Von den Existenzängsten, die sich ungebeten so manche Nacht einstellen, möchte ich gar nicht erst reden. Alles hielten und halten sie mit mir aus!

Dabei gab es genug grausige Momente, nur vorsichtig möchte ich etwas davon erwähnen. In meinen schwersten Zeiten war zum Beispiel ein Toilettengang allein nicht möglich und trotz größtem Willen das Wechseln eines Kleidungsstücks nicht machbar. Wie konnten sie so viel leisten? Ich weiß es nicht.

Nach diesen Zeilen muss ich einen Augenblick innehalten. Wie gut es mir schon geht. Nach nur vier Monaten, trotz vieler ungelöster Fragen, kann ich mir vorstellen, wieder anzukommen in meinem Leben. Das wäre für die beiden der größte Lohn und ihr Verdienst. Versprechen kann ich es nicht, aber ihr zwei müsst mir glauben, ich gebe mir wirklich Mühe.

Schön, dass es so ist.

Ja, ich habe jetzt jeden Tag vierundzwanzig Stunden Zeit – und das immer wieder aufs Neue. Nur, so viel Zeit für mich, nein, die brauch ich nicht. Bisher hatte ich keine Verwendung für die Feststellung »Was für ein langweiliger Tag!«, nun weiß ich, wie man sich langweilt.

Auf jeden Fall werde ich versuchen, meine Aktivitäten zu steigern, um aus einem langweiligen Tag doch noch etwas Ordentliches werden zu lassen.

Zu meinem Tagesrhythmus gehören der Hausarzt, die Physiotherapeutin, die Apotheke, die Telefonate mit der Krankenkasse, mein Lauftraining und die regelmäßige Medikamenteneinnahme. Alles absolviere ich mit einer Disziplin, die selbst mir, zumindest in diesem Ausmaß, unbekannt war. Nur, was mache ich mit dem Rest des Tages?

Es sind so manches Mal die sehr langsam vergehenden Stunden, welche ich im Rollstuhl, vor dem Fenster sitzend, sehr traurig verbringe. Dabei habe ich mir dann schon neben meinem Pflichtprogramm einigen Luxus geleistet. Ein Telefonat mit meinem Mann gehört dazu, eine SMS an meine Kinder, das Lesen der Tageszeitung von oben bis unten. Ein neuer Wegbegleiter wurde die Fernbedienung unseres Fernsehapparates. Eine erstaunliche Entwicklung. Bei meinen Hebammen-Hausbesuchen fiel es mir immer schwer, ausreichend tolerant zu sein, wenn das Fernsehprogramm einfach weiter lief. Natürlich freute sich die Patientin über mein Erscheinen, aber es ging nicht so weit, die Lieblingsserie zu versäumen.

Wann wird es bei mir so weit sein?

Am liebsten würde ich von meiner Arbeit schreiben, den vielen kleinen Babys. Ach, ich könnte so viel berichten. Aber ich habe mir vorgenommen, zuerst aufzuschreiben, was sich seit meinem Schicksalstag alles verändert hat. Hätte ich geschrieben, was gleichgeblieben ist, dann wären wir schon fertig.

Bitte nicht voreilig das Buch schließen, auch mein Berufsleben wird noch ausreichend beleuchtet, nur alles zu seiner Zeit.

Also tapfer weiter mit den Veränderungen.

Unsere Küche wurde zu einer Stätte der Begegnung. Wir waren auch vorher immer gut zu unserer Küche, nur war sie vor dem 12. Oktober 2011 ziemlich oft allein und nicht immer aufgeräumt. Allein ist sie seitdem weiß Gott nicht mehr, dafür aber fast immer aufgeräumt. Ich habe eine leise Abmachung mit meiner Küche. Es herrscht Verschwiegenheit über die zahlreichen konspirativen Treffen, von denen sie weiß. Die Abmachung verliert nur an Bedeutung, wenn es mir gut tut, darüber zu plaudern. Heute tut es mir gut. Da ich durch mein Handicap nur begrenzt am alltäglichen Leben teilnehmen kann, gewann dieser Raum enorm an Bedeutung. Zum Beweis gebe ich eine kleine Auflistung meiner Kontaktpersonen preis. Jeder von ihnen hat seinen Platz in unserer Küche, in meinem Herzen und in meinem Genesungsprozess. Ja, ich brauche sie alle, sonst schaffe ich es nicht.

Zum engsten Kreis meiner Küchengemeinde zählen der Hausarzt, die Chirurgin, der Orthopädietechnikermeister, die Zahnärztin, der Pastor, die Friseurin, die Physiotherapeutin, die Kosmetikerin, die Nachbarn, Freunde, Arbeitskollegen – und das sind längst nicht alle. Oh, ich habe meine Schwiegermutter vergessen. Nein, so etwas macht man nicht. Die gute ältere Dame feiert im Oktober 2012 ihren neunzigsten Geburtstag. In einem Moment der Leichtigkeit habe ich ihr versprochen, dann mit ihr zu tanzen. Man oh man, was habe ich da nur gesagt. Als ob alles davon abhinge, was ich mir wünsche. Ich muss es bei passender Gelegenheit meiner Physiotherapeutin beichten.

Zur Küchengemeinde gehören natürlich auch mein Mann und meine Kinder. Mit der ihnen eigenen Natürlichkeit gesellen sie sich dazu und genießen unsere neue Küche, getreu dem Motto: Nichts Menschliches ist uns fremd. Was, oder noch deutlicher, wo wäre ich auch ohne sie? Ein, zwei Gäste unserer Küche möchte ich näher vorstellen. Nach und nach kommen sowieso alle an die Reihe. Alle haben ein gemeinsames Alibi für ihr Hiersein. Sie möchten mir helfen. Wie privilegiert bin ich eigentlich? Manchmal macht mir der Gedanke Angst.

Da ist zuerst der Hausarzt. Irgendwie hat es was ›Hausarzt unserer Familie‹, geht es mir durch den Kopf. Ganz pragmatisch gesehen ist er ein guter Kerl mit einer Praxis in unserer Stadt. Den Ernst der Lage erkennend, handelte er und zog die Reißleine. Beiläufig bemerkt, wir kennen uns seit über dreißig Jahren, was mir die Sache in keiner Weise erleichterte.

Einfügend muss ich klarstellen, dass meine innigen ärztlichen Kontakte bis dahin eher im kinderärztlichen und gynäkologischen Bereich lagen. Diese Fachrichtungen haben nun einmal viel mit meiner Hebammentätigkeit gemeinsam. Für meine Schwangeren war mir kein Weg zu weit und keine Mühe zu groß. Was habe ich für wunderbare Ärzte kennengelernt, die mir Vertrauen schenkten und dadurch mir, aber vor allem den werdenden Eltern und den vielen kleinen Wesen halfen.

Die Bedeutung eines Hausarztes hatte ich unterschätzt. Für mich war es wichtig, dass es meiner Familie und meinen Schwangeren gut geht. Ich selbst war in diesen Überlegungen nicht vorhanden. Jetzt machte mir mein Hausarzt deutlich klar, dass das Eine ohne das Andere nicht geht. Er war es, der in Zeiten zu mir gehalten hat, als kaum noch jemand an mich glaubte. Ich hoffe, er hält es noch lange mit mir aus. Ich weiß inzwischen, dass richtig Kranke ziemlich anstrengend sind. Aber weiter. Es ist erstaunlich, welche Menge an Veränderungen sich nach dem 12. Oktober in meinem Leben ergeben haben. Nicht viel konnte ich aus meinem alten

Leben retten. Jetzt haben wir Ostern 2012. Was ich in den letzten sechs Monaten alles geschafft habe. Ich glaub, ich bin ein kleiner Held und hab mich eben in flagranti beim Jammern erwischt.

Um das vergangene halbe Jahr vernünftig aufzuarbeiten, muss ich mit dem Anfang anfangen. Das hört sich ein wenig verunglückt an, es ist aber so. Und noch einmal muss ich das Wort strapazieren. Der Anfang vom Neuanfang heißt elf Tage ITS, genauer gesagt: elf Tage Intensiv – Therapeutische – Station unseres Krankenhauses. Ja genau, in dem Krankenhaus, in dem ich seit vierunddreißig Jahren arbeite. Unglaublich, dass ausgerechnet mir so was passiert. Es tut weh beim Schreiben, immer noch. Ich wünschte mir einen unbefangeneren Umgang mit dieser Zeit. Geht leider nicht. Nein, es war kein Wellnesswochenende – was nicht an der Station lag, sondern an meinem Gesundheitszustand.

Dachte ich anfangs noch an das Absagen wichtiger Termine und andere unsinnige Dinge, ging es für mich bald nur noch ums Überleben. So lange ich auch darüber nachdenke, habe ich dem nichts hinzuzufügen. Durch eine Sepsis gezeichnet, im Kopf verwirrt, konnte ich nur einen kleinen Teil zu meinem Genesungsprozess beitragen. Ich habe es versucht. Trotz meiner eingeschränkten Wahrnehmung erahnte ich den Ernst der Lage. Das ist kein schönes Gefühl!

Noch heute beschleicht mich Angst, wenn ich an diese elf Tage denke. Was hat das Team der Intensivstation geleistet. Sie haben mich hinüber gerettet. Dankbarkeit reicht nicht, Demut – ich weiß es nicht, ich werde es nie vergessen. Noch heute empfinde ich, dass ich von Fachkräften umgeben war, die sich durch Professionalität, medizinische Fachkompetenz, Fleiß, Güte und Menschlichkeit auszeichneten. Zu meinem Mosaik gehören die Anästhesisten, die ITS-Schwestern und -Pfleger, Frauen und Männer, etwas jünger oder etwas älter, kleine und große. Habe ich auch keinen vergessen? Ich zähle lieber noch einmal nach. Genau achtundzwanzig Mitarbeiter, es ist alles gut.

Wer medizinische Details erwartet, den muss ich enttäuschen; es war zu schwer. Wir haben alle gekämpft und es hat sich gelohnt.

Ein paar Episoden muss ich natürlich preisgeben. Sie gehören in das letzte Drittel meines Aufenthaltes auf dieser besonderen Station. Da konnte ich schon wieder ein bisschen denken, ganz leise und sehr vorsichtig reden und für wenige Sekunden lächeln. Meine Frisur war mittlerweile mehr als durcheinander geraten, überhaupt hatte mein Kopf in den letzten Wochen Sagenhaftes durchgemacht, doch ein Friseur war nicht in Sichtweite. Kurzentschlossen überlegten sich drei ITS-Schwestern, selbst Hand anzulegen. Mein laut geäußertes Bedenken hielt sie in keiner Weise von ihrem Vorhaben ab. Sie versicherten mir, dass sie solche Situationen schon mehrmals gemeistert hätten. Ich kann nur sagen, man kann sich, an Überwachungsgeräte angeschlossen, eine Sauerstoffsonde in der Nase, natürlich im Liegen, die Haare waschen, schneiden und fönen lassen. Bei aller Hilflosigkeit war es ein wunderbares Gefühl. Um ihre wirklich gute Tat zu vollenden, suchten die drei nach einem Lippenstift. Zum ersten Mal krakeelte ich lauthals. In den vergangenen dreiundfünfzig Jahren habe ich noch niemals einen Lippenstift benutzt, ich habe nicht einmal einen besessen. Es gab auch im Oktober 2011 keinen Grund für mich, an diesem Fakt etwas zu ändern. Aus dem Wortgefecht ging ich sogar als Sieger hervor. Das war schon verrückt, war ich in den letzten Wochen, ja fast Monaten doch immer der Verlierer. Rückblickend war es für alle ein guter Tag. Die Schwestern hatten Muskelkater und ich einen neuen Kopf. Hinzufügen möchte ich noch, dass ich mir immer Sorgen um die Bandscheiben der ITS-Mitarbeiter gemacht habe. Was sie schieben, ziehen und heben, das kann für eine Bandscheibe nicht gesund sein. Sie haben mich nicht sonderlich ernst genommen; vorher hatten sie mir unauffällig und diskret mitgeteilt, dass jeder Patient einen ITS-Koller bekommt. Ist aber nicht schlimm, es kann keiner was dafür. Die Idee gefiel mir ganz gut. So ein Koller schützt ja auch.

Noch eine weitere Erfahrung möchte ich erwähnen. Ich hatte verlernt, dass man ohne Telefon, selbst ohne Handy leben kann. In den letzten zwanzig Jahren war das Telefon ganz selbstverständlich mein ständiger Begleiter. Ob beim Einkauf, beim Arztbesuch, im Auto, bei einer Familienfeier oder bei einem Disput mit meinen Söhnen, wenn es klingelte, hatte eine Schwangere ein Problem, und das galt es zu lösen. Immer habe ich diskret beraten. Ein Blasensprung im Supermarkt mit einem sehr erregten, werdenden Vater verlangte jedoch auch mir manchmal viel Diplomatie ab. Ich will gar nicht von der Menge und dem Aussehen des Fruchtwassers reden. Schon schwärme ich wieder für meinen Beruf. Doch es gibt mich nur im Doppelpack: Privatperson und Hebamme in eins. Schluss mit der Heiterkeit. Ich muss erst gesund werden, ehe ich aus meinem Hebammenleben erzählen kann. Der Ursprung dieses Abschnitts war eher traurig. Mein Mann hat mir nie das Telefon weggenommen, und es gab mit Sicherheit Situationen, wo das Klingeln äußerst unangebracht war. Einen Teufel werde ich tun und Beispiele nennen. Umso mehr schockte mich sein jetziger Entschluss. Ohne es mit mir zu bereden, was nicht seine Art ist, nahm er mein Telefon und verließ traurig, aber fest entschlossen das Krankenzimmer. Beide wussten wir um die Bedeutung. Als Fazit kann ich sagen, es geht ohne, und es war die einzig richtige Entscheidung. Nach fünf Wochen hat mein Mann mir mein Telefon wiedergebracht. Es war mir fremd geworden und klingelt nur noch selten. Was sich in diesen Wochen in der Außenwelt abgespielt hat, weiß ich nicht. Wie waren der Oktober, November und Dezember 2011? Wahrscheinlich war es wie immer. Im Oktober die Herbststürme, im November der Regen und im Dezember die Weihnachtslichter, ja wahrscheinlich. Wie waren die Menschen draußen? Meine Familie hat mir nicht alles erzählt. Wir haben viel Zuspruch erhalten, aber auch Enttäuschungen erlebt. Den einen haben wir zu früh informiert, den anderen zu spät und den dritten gar nicht. Wir waren einfach in größter Not. Beim nächsten Mal machen wir alles richtig.

Nun wieder zu meiner ITS-Station. Ja, ich habe mich hier sehr geborgen, ich habe mich wohl gefühlt. Wie krank muss man sein, um so zu empfinden?

Zweimal während meines Aufenthaltes wurde es zu leise für eine Intensivstation, einmal im Zimmer rechts und einmal im Zimmer links neben mir. Aber ich hatte auch kein Wellnesswochenende gebucht. Ich wusste, wo ich war. Erstaunlicherweise geschah es immer nachts. Wie liebevoll sich der Nachtdienst gekümmert hat. Sie haben sich Zeit und Ruhe genommen, obgleich alles getan war. Nie im Leben hätte ich geklingelt, jetzt waren andere wichtiger. In diesen Nächten habe ich begriffen: Wenn ein Mensch sehr sehr krank ist, hat er ein Recht zu gehen, auch wenn wir es alle nicht wollen. Als ich die Schwestern am nächsten Morgen wegen der vergangenen Nacht ansprach, sagten sie einheitlich und ganz deutlich, ich hätte geträumt.

Zum Schluss noch eine nette Episode. Wir müssen ja weiterkommen. Schließlich habe ich noch einige Stationen vor mir.

Ein wichtiger Bestandteil der Intensiv-Therapie ist die Mobilisierung des Patienten. Ganz einfach gesagt bedeutet es, im Bett zu sitzen, und noch heroischer ist die Kunst, vor dem Bett zu stehen. Was sich simpel anhört, ist für einen ITS-Patienten mit nur einem Fuß ungefähr mit der Besteigung des Mount Everest zu vergleichen. Vor mir stand eine Schwester, welche mir liebevoll erklärte: »Wir stehen gemeinsam auf.« Ich wusste, die Sache bleibt an mir hängen, denn sie stand ja schon. Ich versuchte mich zu konzentrieren und schaute mir mein Gegenüber genau an. Sie war klein, sie war nett und sie wog mit Mäntelchen zweiundfünfzig Kilo, aber wirklich nur mit Mäntelchen. In Ruhe und Güte erklärte ich ihr, dass aus unserem gemeinsamen Vorhaben nichts wird. Wenn ich falle, nehme ich sie mit und wir kommen beide ohne fremde Hilfe nicht wieder hoch. Wer mich kennt, versteht meine Sorge. Etwas irritiert, aber sehr fürsorglich schaute sie mich an und ging. Ich war mit dem Resultat sehr zufrieden. Entspannt dachte ich über mein Verhandlungsgeschick nach und war wieder einmal zu dem Resümee gekommen, dass man alles in Ruhe bereden kann. Allerdings hatte ich diese Erkenntnis ohne meine lieben Kollegen der ITS gewonnen. Die kleine Schwester mit dem Mäntelchen kam zurück. Sie wurde von einem Kollegen begleitet. ITS-Pfleger, groß, kräftig, hoch motiviert, mit schönen Augen. Aber ich wäre nicht ich, wenn ich nicht noch ein Ass im Ärmel hätte. Genau diesen jungen Mann fragte ich, wann ich ihn zum Papa gemacht habe. Mit einem wunderschönen Lächeln, welches nur ein liebender Vater zaubern kann, antwortete er: »Vor neun Wochen«. Anschließend haben wir gemeinsam das Wort Mobilisierung buchstabiert. Er konnte mich halten. Ich würde ihn sehr gerne noch einmal zum Vater machen ...!

Auch wenn unser Krankenhaus recht überschaubar ist, können sich nicht alle Ärzte und Mitarbeiter kennen. Ist auch nicht notwendig, schließlich sind wir hier, um zu arbeiten. Jeder auf seinem Platz, alle für unsere Patienten. Oft wird aber dabei übersehen, welche Schätze sich in unserem Krankenhaus verbergen.

Eine Ärztin aus dem ITS-Team möchte ich deshalb näher beschreiben. Nennen wir sie einfach Frau Oberarzt. Wir kannten uns vom Sehen und haben uns im Vorübergehen gegrüßt. An ein längeres Gespräch kann ich mich nicht erinnern. Bis ich auf ihrer Station landete. Sie hat mir das Gefühl gegeben, dass ich trotz allem Geschehenen ein Mensch bin, eine Frau. Sie hat mein Herz berührt, als ich nicht mal mehr genau wusste, ob ich noch eins habe. Sie ist die einzige Person, die in meine Seele schauen durfte. Nein, ich rede nicht von meiner Mutter, ich rede auch nicht von einem Engel. Ich rede von einer Oberärztin.

Oft denke ich über diese Frau nach. Wie hat sie es in so kurzer Zeit geschafft, mir so viel zu bedeuten? Viele Helfer kenne ich zwanzig Jahre, dreißig Jahre, sie kannte ich flüchtig. Sie hat uns alle überholt, sich umgedreht und stand vor mir. Wäre ich nicht so krank geworden, hätte ich sie nicht näher kennengelernt. Nein, das darf man nicht zu Ende denken. Dabei gibt es für eine eventuelle Verbundenheit keinen plausiblen Grund. Ganz nüchtern betrachtet und so realistisch wie möglich habe ich nach Gemeinsamkeiten gesucht. Dass ich zwei, drei gefunden habe, war schon mühselig, und ich habe alles zusammengefegt, was mir irgendwie auffiel, also nichts Nennenswertes.

Ist es ein Wunder? Nein, denn eins weiß ich seit dem Oktober 2011: Wunder gibt es nicht. Wie sehr hatte ich auf eines gehofft. Ich will es jetzt so nehmen, wie es ist. Vielleicht finde ich später eine Antwort auf meine Fragen. Ich wünsche mir, dass dieses Kennenlernen wohl behütet ist. Ja, das wünsche ich mir.

Erfahrungen dieser Art zu machen, das hinterlässt Spuren. Manchmal frage ich mich, wie ich das alles verkraften soll. Hinter jedem Busch sitzt ein Lebensretter – und ich soll unbefangen durch den Park gehen?

Als ich an einem Abend sehr krank in die Klinik kam und gleich operiert werden musste, hatte ein Anästhesist Dienst, der nicht mein allergrößter Freund war. Diese Erleuchtung war mir im Klinikstress gekommen, ich hatte sie leider nie hinterfragt. Und nun fehlte die Zeit und die Kraft, die Dinge zu bereden. Ich war so krank, dass ich beschlossen habe, wenn ich die Augen zumache, sehe ich ihn nicht, und er sieht mich auch nicht. Hat nicht geklappt. Nein, er hat den Ernst der Lage sofort erkannt und das Zepter in die Hand genommen. Neben der kompetenten medizinischen Versorgung sagte er Sätze – ich werde sie nicht vergessen – wie: Nein, Sie müssen nicht antworten, ich gehe nicht weg, ich bleibe hier, Sie müssen keine Angst haben. Er hätte auch sagen können, was glaube ich eher seinem Naturell entspricht: Komm, vertrau mir, dass hier ist kein Spaß mehr. Ich konnte nicht mal danke sagen. Vielleicht hat er bemerkt, wie dankbar ich ihm war. Er hat doch sonst alles durchschaut.

Ehe ich die ITS-Station verlasse, muss ich mich noch dem Chefarzt widmen. Wie ich da durchkomme, weiß ich auch noch nicht. Die Situation ist etwas brisant, da jede Abteilung nur einen Chefarzt hat, auch in einer Universitätsklinik. So weiß er sofort, dass es sich um ihn handelt. Wenn er dann noch einen Moment innehält, fällt ihm der passende Patient ein – und spätestens jetzt habe ich ein mittleres Problem. Hinzufügen muss ich, dass ich manchmal für Stress gesorgt, aber immer sofort Reue gezeigt habe.

Eigentlich weiß ich gar nicht, warum ich so weit aushole. Schuld hat allein der ITS-Chefarzt. Am 20. Oktober 2011, acht Tage nachdem ich mein Bein verloren hatte, sagte er zu mir, dass es vielleicht gut für mich wäre, das Geschehene aufzuschreiben, um alles besser zu verarbeiten. Gern hätte ich ihm gesagt, dass es schon lange nicht mehr danach geht, was gut für mich ist. Ich wollte alles schnell hinter mich bringen, ich wollte nicht »verarbeiten«, ich wollte arbeiten. Der Anblick meiner Hände stärkte meine Vermutung, auch ein Chefarzt hat nicht immer Recht. Diese geschwollenen Finger werden keinen Stift halten können. Dass es auch andere Hilfsmittel gab, kam mir nicht in den Sinn. Meine Sorge war ganz praktischer Art. Wo gibt es solche großen Handschuhe?– Brauchte ich nicht, ich war die nächsten vier Monate eh nicht draußen.

Ja, Herr Chefarzt, wir haben mittlerweile April 2012. Ich schreibe jeden Tag. Die Finger sind wieder dünn.

Nach elf Tagen ITS-Aufenthalt hatte sich mein Gesundheitszustand deutlich gebessert und eine Rückverlegung auf die »normale chirurgische Station« wurde in der Visite vorgeschlagen, aber ohne mich. Mein subjektives Befinden verschlechterte sich sofort. Einen Tag bin ich damit durch gekommen. Dann gingen mir die Argumente aus.

Im Nachhinein kann ich meinen eigenen Überlegungen nicht folgen. Wollte ich mir auf der ITS eine Einraumwohnung einrichten, oder was war los mit mir? Wie schon erwähnt, fühlte ich mich auf der ITS sehr geborgen. Diese Erfahrung allein aber reicht nicht für so ein Desaster. Ich war wohl ganz schön durch 'n Wind. Das scheußliche Gefühl, versagt zu haben und ohne Selbstvertrauen sich auf einen weiten Weg zu machen, nein, das wollte ich nicht. Hier war ich umgeben von einer Kompanie der Frohnaturen, die mich vierundzwanzig Stunden bewachten. Doch es kam, was kommen musste, der Transfer auf die chirurgische Station. Wie haben sich alle gefreut. Die ITS, dass alles so gut war, dass ich los konnte, und die Chirurgie, dass ich wieder da war. Ich hab mich dann einfach mitgefreut. Zudem schien an diesem Oktobertag die Sonne so intensiv durch das Zimmerfenster, dass mir etwas auffiel, was es auf der ITS nicht gibt: das Wetter. Ich hatte nie darüber nachgedacht, ist schon komisch. So grübelte ich mich in einem sonnigen Zimmer in den Schlaf.

Was ein gesunder und erholsamer Schlaf ist, hatte ich verlernt. Sobald die Zimmertür sich, wenn auch noch so leise und vorsichtig, bewegte, war ich zum Empfang bereit. Herein kam unser Orthopädietechniker. Ich wusste, er bringt die Prothese. Wie habe ich auf diesen Moment gewartet, mein Glück, meine Seligkeit. Schnell, her damit, ich wollte sie anziehen und loslaufen. Dann der Schock des Jahrhunderts. Eine Prothese ist für einen Laien groß, schwer – etwa fünf Kilo –, kalt und fremd. Ich hätte noch andere Wörter parat, aber das wäre nicht fair. Mir war klar, es handelte sich um ein medizinisches Hilfsmittel, ohne welches ich nicht laufen kann. Andere Bezeichnungen kamen mir nicht in den Sinn. Patienten hatten mir erzählt, dass sie ihrer Prothese einen Namen gegeben haben. Ich lehnte dies rigoros ab. Heute nach fünf Monaten gehe ich sanfter mit der Prothese um. Einen Namen hat sie nicht.

Wie ein Mahnmal stand die Prothese in der ersten Nacht

neben meinem Bett. Ich habe ihr später einen anderen Platz gegeben. Es war auch die erste Nacht, in der ich darüber nachdachte, ob ich einen anderen Weg gehen muss. Was kann ein Mensch ertragen, besser gesagt, was kann ich ertragen?

Hinzufügen muss ich, dass ich die Prothese von diesem Moment an zehn Minuten pro Tag tragen durfte, davon bin ich neun Minuten gelaufen. Unglaublich, zehn Minuten von vierundzwanzig Stunden. Eine Wundheilungsstörung ließ nichts anderes zu.

Nach fünf Monaten trage ich die Prothese acht Stunden pro Tag, davon laufe ich sechs Stunden. Ja, die Zeiten ändern sich. Käme ein Räuber in unser Haus, würde ich ihm allerhand mitgeben, die Prothese nicht.

Wie hat der Orthopädietechniker das geschafft? Oft denke ich über den Sinn des Geschehenen nach und hadere mit mir. Den Sinn habe ich noch nicht gefunden, aber ich habe Menschen kennengelernt, die mir so nicht begegnet wären. Ist das nichts? Der Orthopädietechniker gehört dazu. Nennen wir ihn Thomas.

Behutsam gab er mir zu verstehen, dass diese Prothese mein Freund werden muss. Dass seine Kollegen und er gezaubert haben, um für mich Lebensqualität zu gewinnen. Ich wusste es ja, aber ich brauchte Zeit. Thomas kam immer wieder ins Krankenhaus, in die Reha-Klinik und nach Hause. Freunde sind wir geworden, nur der Anfang unsere Freundschaft, ja, der war traurig.

Auf der chirurgischen Station verbrachte ich einige Wochen, die sehr zu meiner weiteren Genesung beigetragen haben. Die Krankenschwestern erfüllten mir fast jeden Wunsch. Komisch wurden sie nur, wenn sie mich beim Überschreiten meiner zehnminütigen Laufzeit erwischt haben oder ich wieder Dinge allein versuchte, die wir so nicht abgesprochen hatten. Ich entwickelte ein Geschick, unauffällig und folgsam zu sein, aber sie waren noch geschickter als ich. Ihre fachliche Kompetenz habe ich nie in Frage gestellt, aber manchmal waren sie wirklich anstrengend ordentlich.

Mir tat es gut, hatte ich doch das gesamte Verwöhnprogramm gebucht. Ich spürte, wie ich mich veränderte. Ich wurde innerlich ruhiger und konnte für kurze Momente über das Geschehene nachdenken. Dies war in den Wochen davor nur unter starken körperlichen und seelischen Schmerzen möglich.

Ein bisschen Normalität kam zurück, das war schön.

Immer häufiger vielen jetzt in der Visite Wörter wie Rehaklinik, Kur, Anschlussheilbehandlung, halt, da ging es um mich, und es hörte sich verdammt nach Verschicken an. Ich hatte gerade ein bisschen Frieden gefunden und nun kam der Krieg. Hier lief etwas aus dem Ruder! Alle, die mir erzählten, wie erholsam ein Kuraufenthalt ist, waren meine Feinde. Ich war umgeben von Feinden. Wie konnte ich so denken, war ich jetzt verrückt geworden? Hatte ich Depressionen? Ich musste mich unbedingt jemandem anvertrauen. Zwanzig Personen kamen in die engere Wahl, davon meinten es siebzehn gut mit mir.

Jede Nacht erarbeitete ich einen Plan, welchen ich morgens wieder verwarf. Ich ahnte sehr wohl, dass ich Hilfe zulassen muss, sonst können sich meine vielen Helfer noch so anstrengen, es kommt nichts dabei heraus. Ich sehnte mich nach meiner Mutter. Ich brauchte ihren Rat. Das Natürlichste der Welt und eine wohltuende Idee. Zufrieden schlief ich ein, zwei Stunden, dann war ich wieder wach. Ich hatte ein

Problem. Meine Mutter ist seit fünfunddreißig Jahren tot.

In den nächsten Tagen versuchte ich zunächst, meine Sorgen für mich zu behalten. Ein Arzt ahnte etwas. Womit ich wieder beim Thema Chefarzt bin. Zu diesem Zeitpunkt war ich Patient der chirurgischen Abteilung. Auch hier haben wir ›nur‹ einen Chefarzt. Er fragte mehrmals, wie es mir geht. Beide wussten wir, er meinte weder Bein noch Fuß. Nach der Visite kam er allein ins Zimmer. Es waren die letzten Oktobertage 2011. Chirurgisch war alles getan, der Verbandswechsel erfolgreich, die weitere Therapie war besprochen. Nein, das war nicht der Grund seines Besuches. Deutlich fragte er: »Wie geht es Ihnen wirklich?« Ich konnte nur ein »Schlecht« antworten. Nein, ich bin nicht in Tränen ausgebrochen, das hatte ich mir abgewöhnt, hatte hinterher immer so fürchterliche Kopfschmerzen. Aber ich war einfach nicht in der Lage, mich ihm anzuvertrauen. Der Chefarzt schaute mich sehr konzentriert an und ging.

Ich stand mir selbst im Weg, stimmt nicht, ich lag mir selbst im Weg. Ich glaube nicht, dass der Chefarzt um die Bedeutung dieses Tages weiß, hat er doch ein beträchtliches Pensum zu absolvieren, das ein Patient kaum nachvollziehen kann.

Er traf eine Entscheidung, von der ich heute noch profitiere. Zufällig oder warum auch immer begegnete er der leitenden Schwester seiner chirurgischen Abteilung und besprach neben anderen Problemen meinen weiteren eventuellen medizinischen Werdegang mit ihr.

Sie kam in mein Zimmer und es traf mich ein Pfeil, mitten ins Herz. Ich hab ihr mein ganzes Herz ausgeschüttet, es war übervoll. Was ich nicht verstehe, warum brauchte ich fünf Tage für diesen Schritt. Wir sprachen situationsbedingt auch vorher jeden Tag miteinander. Sie war immer gut zu mir gewesen. Von nun an jedoch gingen wir den langen Weg zu zweit. Hand in Hand. Müsste ich eine Laudatio halten, hätte ich gesagt, sie ist seit dreiundvierzig Jahren Krankenschwester, eine kluge, fleißige Frau, ein bisschen zu gut für diese Welt. Eher zurückhaltend, ist sie immer ihrem Prinzip treu geblieben, dass Geben viel wichtiger ist als Nehmen, im Beruf wie in der Familie. Sie spricht darüber nicht einmal. Sie lebt es einfach.

Noch heute kann ich sie jeden Tag anrufen. Es sind sechs Monate vergangen! Ja, Regina, dich nenne ich nicht nur so, du heißt so. Sie war es auch, die mir ganz beiläufig erzählte, dass der chirurgische Chef sich Sorgen um meine psychische Verfassung macht! Ich dachte, er will mich wegschicken und zwar schnell. Es ist für einen Patienten nicht immer einfach, den Arzt zu verstehen. Ist der dann noch ein Mann und der Chefarzt, ist es fast unmöglich.

Ich habe ihm viel zu verdanken.

Nachdem wir alle Missverständnisse geklärt hatten, wurde mein Start in die Reha-Klinik vorbereitet. Ich hatte viele Helfer. Ob der Transport eines Rollstuhls, der richtige Ort, der passende Zeitpunkt und die bestmögliche medizinische Betreuung – alles wurde von den Mitarbeitern unseres Krankenhauses bedacht und überwacht. Selbst eine zusätzliche Reisetasche wurde organisiert, da die Geschenke für die Reha ja mit mir fahren mussten.

Am 10. November sollte meine Reise losgehen. Dieser Termin sprach sich schnell herum und ich bekam in den letzten Tagen meines stationären Aufenthaltes richtig viel Besuch. Oh, ich habe es genossen. Ich war verrückt nach Reden und Beieinandersein. Damals wusste ich noch nicht, wie viele Wochen ich davon zehren muss.

Eigentlich fehlt mir die Intensität dieser Besuche bis heute.

Mal ganz im Ernst, hatte ich wirklich geglaubt, dass es die nächsten Wochen und Monate so weitergeht? Ich befürchte, ja. Meine Persönlichkeit muss in arger Bedrängnis gewesen sein, sonst wäre ich realistischer gewesen. Natürlich wurden die Besuche von Kollegen, Bekannten und Wegbegleitern seltener, die Gespräche oberflächlicher. Ich war halt nicht mehr am Ort des Geschehens. Ist schon bitter.

Nun aber zu den schönen Besuchen vor meiner Reha-Abreise. Waren schon drollige Sachen dabei.

So kam zum Beispiel der Pastor. Er ist bei uns als Krankenhausseelsorger tätig. Auch in den schwersten Zeiten auf der ITS-Station war er einer meiner Begleiter. Diesmal gab es keine Tränen beim Gebet, sondern ein freundliches Hallo. Da ich zu der Generation gehöre, die dem Pastor noch respektvoll begegnet, deckte ich mich vorsichtshalber erst mal schnell zu. Später überlegte ich mir, dass er als Familienvater und Pastor mit Sicherheit schon ganz andere Dinge zwischen Himmel und Erde gesehen hat, ach lassen wir das. Dieser Besuch blieb mir in herrlicher Erinnerung, denn der Pastor erzählte mir einen Witz. Den kann man nicht aufschreiben, den muss man hören. Und zwar vorgetragen durch einen Pastor, am besten durch eben diesen Pastor.

Sollte sich jemand dafür interessieren, möge er unseren Pastor ansprechen und um den Witz mit den Fledermäusen bitten. Vielleicht hat er Glück.

Natürlich waren die Segenswünsche genauso wichtig, hatte ich sie doch verdammt nötig.

Gut erinnere ich mich auch an einen Besuch von unserer ..., ach, ich würde so gern den Namen nennen.

Aber jetzt begebe ich mich in die ›Regierungsebene‹ unseres Krankenhauses, da ist Respekt vonnöten. Die Frau, die ich meine, ist eine Fachfrau und verantwortlich für alle

Krankenschwestern, Hebammen, Physiotherapeuten, OP-Schwestern, Röntgenassistenten und. Am Anfang meines Berufslebens nannte man sie ›Frau Oberin‹, heute nennt man sie ›Frau ....‹, die Pflegedienstleitung; in zehn Jahren wird es eine englische Bezeichnung dafür geben.

Auf jeden Fall sind es kompetente Fachkräfte, welche auf dieser Ebene die Geschicke eines Krankenhauses lenken und leiten. Nein, in diesem eben genannten Job wird kein lauer Lenz geschoben, hier bedarf es einer exzellenten Zeiteinteilung. Insider wissen längst, um wen es sich handelt.

Und genau sie besuchte mich. Sie brachte Zeit und ein Geschenk. Ich habe mich sehr gefreut. Sie hatte meine Freude am Schreiben bemerkt und gab mir ein Tagebuch, mit der Bitte, nur Positives reinzuschreiben. Dieses Versprechen konnte ich ihr nicht geben, aber wo ich bin, ist auch mein Tagebuch.

Auch ich musste ihr vor meiner Reha-Abreise noch unbedingt etwas sagen. Vor einigen Wochen, als ich sehr krank auf der ITS-Station lag, besuchte sie mich. Nur war ich zu krank, um ausführlich mit ihr zu sprechen. Durch meine geschwollenen Augen sah ich, dass sie neben mir saß und weinte. Es hat mir sehr leid getan.

Ich kann mich nicht erinnern, dass meinetwegen schon mal jemand so bitterlich geweint hat. Ich musste ihr sagen, dass ich es bemerkt hatte. Sie hat es nicht kommentiert. Mit so viel Menschlichkeit habe ich nicht gerechnet. Auch sie kann ich heute noch anrufen. Habe nur die Neigung, während schrecklich wichtiger Sitzungen zu klingeln, peinlich. Sie ruft dann unkompliziert und zeitnah zurück.

Nein, ich bin kein Angeber, es ist wirklich so.

Frau Bloy, Sie haben mir Zeit gegeben. Mit der Ihnen eigenen Beharrlichkeit signalisierten Sie immer deutlich, Gerlinde, es wird wieder gut. Wie oft habe ich nachts im Rollstuhl sitzend am Himmel so einen Stern gesucht. Wie meine Zukunft auch aussehen mag, dass ich mit meinen wenigen Habseligkeiten, die mir aus meinem ersten Leben geblieben sind, bis hierher gekommen bin, muss ich in Ihr Tagebuch schreiben, nicht in meines.

Eine Kollegin aus der Verwaltung nahm all ihren Mut zusammen und besuchte mich. Als Erstes übermittelte sie von vielen weiteren Kollegen herzliche Grüße. Kein leichter Moment, für uns beide nicht. Was dann kam, war niedlich, irgendwie rührend. Sie sagte fest entschlossen, sie möchte mir etwas kaufen, was ich jetzt wirklich brauche. Da sie aus der Medizin kommt und das Wort ›kaufen‹ betonte, wussten wir beide, ›Gesundheit‹ entfällt. Kann man nicht kaufen. Zusätzlich kennen wir uns viele Jahre persönlich, da konnte sie sicher sein, dass ich ein angemessenes Limit nicht überschreite. Aber der Gedanke gefiel mir. Wann hatte ich das letzte Mal eingekauft? Mit Sicherheit war es Monate her und es handelte sich um Taschentücher oder Mineralwasser. Nach nur einem kurzem Moment sagte ich, sichtlich stolz wegen des guten Einfalls: »Ich wünsche mir Schreibpapier.« Auch sie war mit dem Vorschlag sehr zufrieden. Da wussten wir beide noch nicht, auf welche Odyssee sie sich begab. Sie brauchte einhundert Kilometer, zwei Tage und die Hilfe ihrer Tochter. Wer kauft heute noch Schreibpapier, oder besser, wer schreibt heute noch Briefe? Ich!

Ein Oberarzt unseres Krankenhauses besuchte mich; ich glaube, wir tragen den gleichen Nachnamen. Bereits vor meiner Erkrankung hatte ich den Verdacht, dass der liebe Gott, als er ihn auf die Welt schickte, ihm eine Extraportion Sonnenschein und Güte mitgegeben hat. Jetzt war ich mir sicher. Er kam, nicht mit der ihm sonst eigenen Heiterkeit, sondern leise und nachdenklich. Beide wussten wir, dass bestimmte Dinge nicht reparabel sind. Und dass es sehr unschön ist, wenn man sich nicht gelungen fühlt. Mir hat der Besuch viel Kraft gegeben, ihn hat er viel Kraft gekostet.

Ich könnte noch manch anderes Beispiel aufzählen. Aber im Moment habe ich genug von Besuchen, ich fahre zur Reha.

Am 10. November 2011 begann meine Reise von etwa neunzig Kilometern Richtung Norden in eine sehr gute Reha-Klinik. Ich sehe das Schmunzeln meiner Leser. Neunzig Kilometer sind nichts, so habe ich früher auch gedacht Doch die Zeiten sind lange vorbei.

Durch die letzten zehn Tage war ich hoch motiviert. Offenheit wollte ich mitnehmen, ja, das wollte ich wirklich. – Das Dilemma ging schon im Auto los. Meine Winterjacke war derart unbequem, da können neunzig Kilometer sehr lang werden. Ich hatte im Spätsommer mein Zuhause verlassen, jetzt hatten wir November. Ich konnte mit Kleidung nicht mehr umgehen, und mit Winterkleidung schon gar nicht. Wann hätte ich meine schöne warme Winterjacke auch brauchen sollen? Unglaublich, wie man durch so eine Krankheit aus seinen ganz eigenen Lebensstrukturen gerissen wird.

Im Rollstuhl sitzend wurde ich in die Empfangshalle geschoben; raus bin ich allein gelaufen, genau fünf Wochen später. Geweint hab ich beide Male.

In diesen fünf Wochen habe ich Dinge erlebt, die glaubt mir kein Mensch. Nach drei Tagen wusste ich definitiv, das wird hier nichts. Im Bestreben, möglichst schnell meinen Rücktransport zu organisieren, versicherte ich dem Personal, dass sie alle nichts falsch gemacht haben, das war mir sehr wichtig.

Am dritten Abend nahm ich die Sache mit der Heimreise in Angriff. Zweiundzwanzig Minuten habe ich mit meinem Mann telefoniert, um ihn von der absoluten Notwendigkeit zu überzeugen, mich nach Hause zu holen. Wer uns näher kennt, weiß, dass ich kein Telefonat geführt, sondern ein Wunder vollbracht habe. Wenn man mit meinem Mann fünf Minuten telefoniert, hat man alles besprochen und kann sich auf die Umsetzung des Besprochenen verlassen. Geholt hat er mich nicht. Am kommenden Abend habe ich es mit unserem Hausarzt versucht, sechzehn Minuten. Nur noch einmal kurz zur Erinnerung, wir kennen uns seit vierunddreißig Jahren. Ich habe alles gegeben. Auch er holte mich nicht.

In den kommenden Tagen konnte ich mit dem Thema Männer nichts mehr anfangen. Ich jedenfalls wusste nicht, wozu man sie im wirklichen Leben braucht. Mit fünfmonatigem Abstand bin ich bereit zu sagen, wir haben aneinander vorbeigeredet – mehr geht nicht.

Ich war übel zugerichtet. Entscheiden musste ich mich zwischen Verrücktwerden oder Arrangieren. Zum Glück habe ich das Zweite gewählt.

Wieder erlebte ich kompetente Fachleute, die sich auf die Fahne geschrieben hatten, mir zu helfen. Ich brauchte viel Hilfe und habe noch mehr bekommen.

Oft denke ich darüber nach, warum gerade ich so viele gute Menschen getroffen habe. Ich vermute, sie waren vorher schon da und werden nach mir da sein. Ich habe sie nur nicht wahrgenommen. Wenn es uns gut geht, ist alles selbstverständlich. Wenigstens habe ich es bemerkt. Wenn auch nicht immer gleich auf den ersten Blick. Aber ich konnte ja zweimal kucken.

Mit den Physio- und Ergotherapeuten habe ich fünf Wochen jeden Tag stundenlang geübt. Der Fachbegriff nennt sich ›Anwendungen‹. Das Wort mochte ich nicht. Das war aber das Einzige, was mir an dem Trupp nicht gefiel. In den ersten Wochen zu Hause hatte ich Heimweh nach den Therapeuten. Offensichtlich habe ich einen kleinen Schaden durch die letzten Monate. Denke, das relativiert sich wieder. Die beste Reha-Klinik wäre nichts ohne diese Mitarbeiter.

Die Anwendungen, nun benutze ich selbst das Wort, sind die eine Seite, aber man muss die vielen Wochen in einer Reha-Klinik auch wohnen und leben. Das war nicht immer einfach.

Eigentlich kann ich gar nicht sagen, was gut oder schlecht war. Ich hatte mich für Arrangieren entschieden und habe es dann auch getan. Das eigene Zimmer war schon sehr schön. Ich hatte ein eigenes Bad, ganz für mich allein! Im Bad habe ich das Licht angelassen, bin in mein Zimmer und habe gelauert, was nun passiert. Nichts, es kam keiner und hat das Licht ausgemacht. Das war schön. Ziemlich schnell plagte mich das Gewissen: Bei den Strompreisen! Also zurück, Licht aus, weil ich es wollte, naja, auch wegen der Preise. War trotzdem schön.

Abends beim Fernsehen musste ich mehr Einsicht zeigen. Neben mir wohnte ein freundlicher älterer Herr. Leider war er sehr schwerhörig. Die ersten Abende kämpfte ich mit meinem Tonknopf gegen seinen an, dann nicht mehr. Nun gab es jeden Abend einen kleinen Moment der Konzentration, ich hörte, welches Programm er gewählt hatte, schloss mich dem an und wir hatten beide unseren Frieden. So schlecht war sein Geschmack gar nicht.

In dieser meiner kleinen Wohnung spürte ich, welche Chance ich bekommen hatte. Ich war bereit, Kompromisse einzugehen. Traurigerweise konnte ich die Umstände meines Aufenthaltes nie ganz vergessen. Ich erlaubte mir gar nicht richtig, geistig wach zu sein, dann war es zu schwer.

Die größte Herausforderung waren die Mahlzeiten. Dass so viel Leid unter ein Dach, konkret in einen Speisesaal passt, habe ich nicht für möglich gehalten. Einhundertfünf Mal war ich zum Essen hier, gemeinsam mit etwa zweihundert Patienten, die alle ihre Geschichte hatten. Aufgelockert wurde die Situation durch extrem fleißiges Personal. Ging man einen Moment in sich, um festzustellen, ob das Essen gut oder sehr gut war, war sofort jemand da, um wenigstens Mineralwasser oder Buttermilch zu bringen; geträumt wurde da nicht, da wurde gegessen. Umgeben war ich von einer Geräuschkulisse, welche nicht laut, sondern eher leise war, dafür aber immer präsent.

Wieder zu Hause, konnte ich die ersten Tage nicht allein essen. Entweder organisierte ich mir ein Familienmitglied oder schaltete das Radio ein.

Wie könnte ich unsere Tischrunde vergessen, die sich in den Reha-Wochen pünktlich im Speisesaal einfand. Was in der ersten Woche eine unüberwindbare Hürde war, stellte sich nach fünf Wochen als mein Glück heraus. Während meines Aufenthaltes teilte ich ›unseren‹ Tisch mit sechs Damen. Ihr Alter lag zwischen dem einundachtzigsten und dem neunundachtzigsten Lebensjahr. Und genau in dieser Zeitspanne lagen alle ihre Wünsche, Vorstellungen und Krankheiten. Ich hatte gegen keine einzelne der Frauen etwas. Sie waren nur verdammt hoch in der Überzahl. Mir war schon klar, wenn ich ihre Sympathie gewinne, habe ich viel geschafft. Aber wie konnte ich sie für mich einnehmen? – Ich beobachtete sie genau. Souverän hatten sie das Regiment übernommen und die Rollen unter sich aufgeteilt. Sie verstanden sich unverschämt gut. Optisch hatte ich nicht viel zu bieten. Auf den ersten Blick waren sie alle fitter als ich, was sich später relativierte. Im Rollstuhl saß jedenfalls nur ich.

Mitleidig und fragend sahen sie mich an. Ich hatte weder auf Mitleid noch auf Fragen Lust, nein, bitte nicht. Abends dachte ich darüber nach, warum sie immer wieder auf meine Finger schauten; ich fand sie inzwischen wieder ganz in Ordnung. Dann ging mir ein Licht auf. Am nächsten Morgen saß der Ehering da, wo er hingehört, nämlich am rechten Ringfinger.

Auch versäumte ich nicht zu erwähnen, wann mein Mann mich besucht und wie oft die Kinder kommen. Jetzt hatte ich Punkte gesammelt, ja, ich war vorangekommen. Im wahren Leben hätte ich solche Auskünfte nie gegeben.

Voller Erstaunen stellte ich fest, dass ich mich um Anerkennung und Zuneigung kümmern musste. Anders als in meiner Familie und in meiner Straße war ich hier eine von vielen. Eine Erfahrung, die keineswegs von Nachteil ist.

Trotz großen Respekts vor meinen Damen fiel mir der Umgang mit ihnen jeden Tag schwerer. Schon zum Frühstück erfuhr ich, wie oft sich der nächtliche Toilettengang nicht hatte vermeiden lassen und dass er nicht immer erfolgreich sein müsse.

Wieder grübelte ich abends, wie ich das kommende Frühstück aushalten sollte. Ehrlicherweise musste ich mir eingestehen, dass ich nichts zur Entspannung der Situation beitrug. In den letzten Monaten hatten alle wichtigen Entscheidungen andere für mich getroffen. Das war erst absolut notwendig und dann angenehm bequem. Hier aber kam ich damit nicht durch.

So nahm ich bei unserem siebenten gemeinsamen Frühstück all meinen Mut zusammen und bat meine Tischpartnerinnen um das Aufstellen von Tischregeln. Ich sagte es ihnen, so wie es ist: Ich kann nicht mehr. Vor Angst hielt ich mich am Rollstuhl fest. Ihre Reaktion traf mich wie ein Paukenschlag. Alles hatte ich erwartet, nur ihre Einsicht nicht. Es waren kluge und weise Frauen. Sie wussten sehr wohl, was ich meinte. Viele interessante Gespräche folgten in den kommenden Wochen. Sie gaben mir so viel Zuversicht. Wie viel hatten sie erlebt. Meine Diskretion ist ihnen sicher, zu viel vertrauten sie mir an. Wenn ich nur daran denke, im Mai 1945 eine junge Frau gewesen zu sein, ogottogott! Wir wissen gar nichts.

Einen Punkt konnten wir dennoch trotz sachlicher Verhandlungen nicht regeln. Ständig schoben sie mich in meinem Rollstuhl. Ich weiß, sie meinten es nur gut. Für mich war es ein jämmerliches Gefühl, von fast Neunzigjährigen hin und her geschoben zu werden. Meine Argumente interessierten sie überhaupt nicht. Sie hatten mich gern und wollten helfen.

So mussten wir Tischregel Nummer acht aufstellen. Wir standen nicht mehr gemeinsam auf, entweder gingen sie zuerst oder ich. So entfiel ihr Zugreifen. Das haben wir bis zum Schluss durchgezogen.

Wir hatten alle unsere Allüren.

Sie haben sich einen Platz in meinem Herzen erobert und mir über manchen traurigen Moment hinweggeholfen.

Noch heute überlege ich jeden Tag, warum das alles geschehen musste. Wir haben inzwischen Mai 2012. Die Frage stellt sich auch deshalb, weil ich mich nun der Chefärztin der orthopädischen Abteilung meiner Reha-Klinik zuwenden möchte. Natürlich weiß ich, dass ich diese Frau ohne meine Erkrankung nie kennengelernt hätte. Die Wahrscheinlichkeit, sie in meinem Heimatort treffen und fragen zu können, ob sie mir auf dem vor mir liegenden Weg hilft, ist gleich

Null. Doch der Herrgott hatte beschlossen, wenn ich schon diesen schweren Weg gehen muss, stellt er mir alle fünfhundert Meter einen guten Menschen an die Seite. Ich weiß nicht mehr, ob sie rechts oder links stand, aber wo sie stand, weiß ich noch ganz genau.

Einmal in der Woche war Chefarztvisite, das ist wahrscheinlich auf der ganzen Welt so.

Beim ersten Mal war ich mit der Situation überfordert, doch die folgenden vier Visiten haben mein Leben verändert. Begünstigt wurde das durch den Umstand, dass sie jeden Patienten einzeln zur Visite in ihr Chefarztzimmer bat. Ich habe sie als Frau, als Mutter, als Hebamme, als Erwerbsunfähigkeitsrentner, ach ich hab sie alles gefragt, und sie hat als Frau Chefarzt alles beantwortet. Vorgenommen hatte ich mir, mit einer gewissen emotionalen Distanz in diese Visiten zu gehen. Ich wollte einfach nicht mehr weinen und mich immer wieder outen. Nach den vorangegangenen Wochen war ich therapiemüde. Das hat sie mir ruckzuck ausgetrieben.

Sie wirkte unheimlich solide. Sie erwartete keine Höchstleistungen, aber Ehrlichkeit hat sie verlangt. Frau Chefarzt gab mir deutlich zu verstehen, dass es nicht schlimm ist, etwas Unbedachtes zu sagen; viel schlimmer ist, es nicht zu sagen. Ich möchte ihr so gerne danken.

Kein Chefarzt kann immer präsent sein, ist auch nicht nötig, Frau Chefarzt. Sie haben ein großartiges Team, halten Sie die Leute fest, solche kriegen Sie nicht wieder. Zum Beispiel kam eine Krankenschwester täglich aus Rostock zum Dienst. Jeden Tag erkundigte ich mich nach den Straßenverhältnissen, der Witterung und nach der Fahrt, jeden Tag hat sie alle meine drei Fragen mit einer Engelsgeduld beantwortet.

Ich brauchte nicht nach Rostock, auch hatten die Witterungsverhältnisse auf meinen Therapieplan keinen Einfluss.

Aber wie wichtig war dieses kleine Stück Normalität für mich: über Dinge zu reden, welche nicht mit dem Wort ›krank‹ anfingen oder endeten. Ich war so dankbar.

Mit einer weiteren Schwester meiner Station musste ich unbedingt ihre Geburten auswerten. Das war schon abenteuerlich, die Sache mal aus einer ganz anderen Perspektive zu sehen. Ich war nicht beteiligt und doch so dicht dran. Das Personal konnte gut zuhören, sie haben wirklich zugehört. Ich hatte viele Wochen Zeit, es zu testen.

Belastet wurde mein Reha-Aufenthalt durch ein ganz irdisches Problem. Die Vorweihnachtszeit war gekommen, und mit jedem Advent wurde es schlimmer. Wenn jetzt jemand denkt, das geht nicht mehr zu toppen, muss ihn enttäuschen. Ich hatte auch noch Geburtstag.

Wer mich kennt, weiß, was mir dieser Tag bedeutet. An diesem Tag bin ich als Hebamme nie in die Klinik gefahren. Ich war dann so gern zu Hause. Es gefiel mir, ein guter Gastgeber zu sein, bei Kerzenschein zu sitzen, mit diesem friedlichen Duft von Kaffee und Kuchen. Nein, Geschenke wollte ich nicht, Zeit habe ich mir gewünscht und auch immer bekommen. Während der Reha haben wir alles versucht, damit es ähnlich schön wird. Mein Mann hat rangefahren, was man für eine Feier benötigt. Meine treuen Freundinnen brachten Kuchen, Obst, kleine Schnitten, Saft, Taschentücher, Fotoapparat. Dann haben wir zusammen eingeräumt. Das Personal kümmerte sich mit einer erfrischenden Herzlichkeit um mich, alle halfen mit. Zum Schluss befestigten sie einen ordentlich aussehenden Zettel an der Glastür mit dem Hinweis »Bitte nicht stören – Geburtstagsfeier«. Hätten sie nicht gebraucht, es ist niemand gekommen. Ich war paralysiert; ja, ich glaube, es ist der richtige Ausdruck, ich war gelähmt. Mit welch überzogenen Vorstellungen war ich in diesen Tag gegangen. Langsam begann ich zu ahnen, was mich in der realen Welt erwartete. Neben meinem Schockzustand galt es zunächst ganz praktische Dinge zu lösen. Wohin mit dem vielen Essen? In dieser Reha-Klinik konnte man mit vielem beeindrucken, nur nicht mit Essen, davon gibt es zu viel, und zu gut ist es auch noch. In einer Studenten-WG hätte ich für Monate Punkte gesammelt. Half mir aber nicht weiter. Geholfen hat mir stattdessen wieder einmal Marianne. Leise, damit ich es gar nicht bemerke, räumte meine Freundin unsere liebevollen, kleinen Vorbereitungen ins Auto. Ich weiß nicht, wie und wo sie sie verteilt hat. Ich habe es nie hinterfragt.

Langsam musste ich darüber nachdenken, ob ich durch meine Krankheit den Status als Kollegin, als Mitarbeiterin, als Bekannte, als Mensch aufgegeben hatte. Ich wollte es nicht glauben, musste mir aber eingestehen, dass ich angeschlagen war.

Mit dieser Situation konnte mein Mann besser umgehen. Er sah die Dinge sachlicher und klüger. Nüchtern gab er mir zu verstehen, dass es mir nicht gut tut, lange darüber zu grübeln. Und dass es ohnehin »kontraproduktiv« ist. Wo er recht hat, hat er recht.

Im Jahr 2012 hatte ich genügend Zeit, über dieses Thema nachzudenken. Ich konnte und musste neue Erfahrungen machen und gehe inzwischen entspannter mit der Problematik um, denn es gibt ein Leben danach.

Natürlich hatte ich viele schöne Erlebnisse in der Reha. Meine Nichte besuchte mich mit ihren Kindern. Dreimal durfte ich sie entbinden. Nadine hat uns viel geholfen. Wenn sie dann noch fröhlich und ehrlichen Herzens sagte, du warst doch auch immer für uns da, war ich schon sehr verzweifelt. Nicht, dass ich sie unbedingt zum vierten Kind überreden wollte, aber da sein wollte ich wieder für sie. Die Kinder zu sehen öffnete mein Herz und meine Tränengänge. Zum Glück sind Kinder da sehr unkompliziert. Sicher freuten sie sich, mich zu sehen, aber die Rollstühle waren um einiges interessanter. Es ließ sich einfach nicht vermeiden, ein Rollstuhlrennen zu organisieren. So ein schöner langer Flur, was sind wir da langgeballert. Ich habe wirklich gekämpft, hatte durchaus schon etwas Übung und bin doch nur Zweiter geworden. Unglaublich, wie machen die das? Auch meine Prothese musste neugierige Kinderhände aushalten. Die Kinder hatten keine Vorbehalte. Sie wollten einfach zu mir. Dazu gehörte auch ein Blick untern ›Rock‹.

Rückblickend fühlte ich mich in der Reha-Klinik gut aufgehoben. Wenn dann noch jemand aus unserer Familie kam, war meine kleine Welt in Ordnung. Dabei komme ich nicht umhin, noch einmal kurz meinen Geburtstag zu erwähnen. In Erwartung vieler Gratulanten hatte ich meine Familie gebeten, nicht genau an diesem Tag zu kommen, damit ich für jeden meiner Gäste ausreichend Zeit habe. In Zukunft werde ich um mehr Angemessenheit nicht umhinkommen.

An einem Sonnabend, es könnte der dritte Advent gewesen sein, besuchte mich eine jüngere Kollegin. Wir haben als Hebammen zusammen gearbeitet. Gott, was hab ich mich gefreut. Ich war richtig aufgeregt. Schnell habe ich meinen Mann angerufen, um ihm die wunderbare Nachricht mitzuteilen. Gleichzeitig bat ich ihn, an diesem Nachmittag nicht zu kommen, diesen ›Hebammenbesuch‹ wollte ich ganz für mich allein genießen. Heute muss ich auch manchmal mit dem Kopf schütteln. Man muss sich das mal vorstellen, alles rein ins Auto –, zehn Minuten später alles raus aus dem Auto, versicherte er mir, dass er noch nicht losgefahren sei. Ganz glauben konnte ich das nicht. Zu diesem Zeitpunkt erfüllte er mir jeden Wunsch. Ist heute nicht mehr so, na gut, ich gestehe, es sind sechs Monate vergangen.

Auf jeden Fall war es ein schöner Nachmittag. Wie sehr fehlte mir doch die Kommunikation mit den Hebammen. Wie sagt man so schön, ich habe ihr Löcher in den Bauch gefragt, aber auch gleichzeitig versucht, diese durch Kakao und Lieblingseis zu stopfen. Sicherheitshalber hatte ich noch warmen Apfelstrudel bestellt. Die Arme musste bestimmt drei Tage Diät halten, um wieder ihr biologisches Gleichgewicht zu erreichen.

Für mich war es ein Vergnügen, nicht über Krankheit, Therapie und Heimweh zu reden, sondern über Blasensprünge, Wehen, aufgeregte Väter und wunderschöne Babys. Es war ein Geschenk.

Jule, du warst so arglos, hast einfach mit deinem Herzen entschieden und mir einen wundervollen Nachmittag geschenkt. Bewahre dir diese Eigenarten. Sie stehen dir.

Meine Heimreise rückte näher, das Weihnachtsfest auch. Ich war in einer friedlichen Stimmung. Zusätzlich nahm ich noch zwei, drei sehr wertvolle Besuche während des Reha-Aufenthaltes in meinem Herzen mit nach Hause.

Ich wollte einfach nur noch heim. Wir hatten alle eine so schwere Zeit hinter uns. Warum sollte ich Angst haben? Es war doch mein zu Hause. Wir bemühten uns um einen ganz normalen Umgang mit dem Fest. Dass uns das gelungen ist, zeugt von einer starken Familie, denn jeder von uns wusste, dass es den gewohnten Weg nicht mehr geben wird. Das Weihnachtsfest war leiser, die Geschenke kleiner, aber herzlicher.

Den Kirchgang Heiligabend traute ich mir nicht zu. Die Gewissheit, dass viele Besucher in der Kirche sein werden und dass es eng wird, löste sofort mein ›Speisesaal‹-Syndrom aus. Nein, es ging noch nicht. Um die Situation etwas zu entspannen, sagte mein Mann immer, mehr als drei Personen bedeutet Gruppenbildung. Ein bisschen war an seiner These schon dran. Am besten ging es mir, wenn ich ein ›Gegenüber‹ hatte und meine ganze Konzentration und Kraft dann ihm galt.

In den ersten Tagen habe ich viel geschlafen. Mich gesund geschlafen, wie die alte Volksweisheit sagt. Leider war das Aufwachen immer mit einer Schrecksekunde verbunden. War ich wirklich zu Hause? Ich schaute nach oben, ja, es war unsere Lampe. Welch ein Glück. Wie oft war ich in den letzten Monaten wach geworden und wusste gar nicht, wo ich bin. Keine Lampe ist so friedlich, wie die eigene Wohnzimmerlampe. Ich will keiner OP-Lampe und schon gar keinem ITS-Licht Unrecht tun, aber friedlich sind sie nicht.

Am 23. Dezember absolvierte ich meinen ersten öffentlichen Auftritt. Lange, sehr lange hatte ich keine Einladung angenommen, an keiner Familienfeier teilgenommen, selbst längere Spaziergänge hatte ich mir untersagt, alles für meinen Fuß. Ich war schon gut zu ihm, doch immer noch nicht gut genug.

An diesem Tag aber ging ich mit zwei Stützen und einem klopfenden Herzen etwas unbeholfen zu unseren Nachbarn. Liebevoll hatten sie ein vorweihnachtliches Treffen organisiert, das wir seit Jahren praktizierten. Dass es mir so viel bedeutete, war mir nie aufgefallen.

Dann kommt man in ein Zimmer, in dem das brennende Holz im Kamin knistert, es riecht nach Kaffee, selbst die Auswahl der Servietten ist nicht dem Zufall überlassen, und darf sich einfach hinsetzen. Das war so schön. Ja, das war mein größter Wunsch, ich wollte zurück ins ganz normale Leben. Und es ging. Nach kurzer Befangenheit auf beiden

Seiten wurde es ein herrlicher Nachmittag. Was haben wir Nachbarsfrauen geschnattert. Die ungerade Zahl von Füßen unter dem Kaffeetisch spielte keine Rolle. Sie haben es mir aber auch nicht schwer gemacht. Es gab mich noch als Privatperson, wie sehr hatte ich das vermisst. Wie klein war meine Welt geworden.

Das Weihnachtsfest 2011 haben wir alle als gut behütet in Erinnerung.

In den kommenden Wochen trauten wir uns die ersten kleinen Ausflüge und Besuche zu.

Von nun an hing mein Sympathiegrad für die Menschen von der Anzahl der Treppenstufen in ihrem Eingangsbereich ab. Manche konnten an Sympathie deutlich gewinnen, andere verloren beträchtlich ohne ihr Zutun. Mehr als fünf Stufen konnte ich nicht gutheißen. Idealerweise liebte ich parterre liegende Wohnungstüren. Nein, ich hatte keine inneren Vorbehalte, nur ich musste die Stufen hochsteigen. Unsportlich auf die Welt gekommen, viele Jahre nichts dagegen getan, jetzt mit einem zusätzlichem Handicap, das war nicht lustig. Freiheraus protestierte ich. Es war meine Art, mit dem Stress umzugehen. Was sollte ich auch tun? Ein »Schaffe ich nicht.« gab es für mich nicht. Aber es sah so manches Mal jämmerlich aus.

Halbwegs unversehrt sind wir auf jeden Fall immer angekommen. Fast hätte ich vergessen zu erwähnen, dass mein Mann das Thema Treppensteigen mit mir teilen musste. Er durfte mir nicht helfen, aber er musste da sein. Für mich gab es keine andere Möglichkeit, es zu lernen. Ich glaube, dass ich für meinen Mann ziemlich viel aushalten würde, aber spätestens hier hätte ich einen Schreianfall bekommen. Wie viel Geduld hat er noch?

In den letzten Dezembertagen des Kalenderjahres besuchten wir immer sehr gerne den Bruder meines Mannes. Weg von den Themen Stress, Hektik, Erfolg; hin zu den Themen Familie, Kindheit, Geborgenheit. Immer wieder ein schöner Nachmittag, so von Bruder zu Bruder und Schwägerin zu Schwägerin. Die Kinder unserer beiden Familien kommen nicht mehr mit; unglaublich, sie sind um die Dreißig.

Trotz vorsichtiger Bedenken meines Mannes habe ich mich an das Vorhaben herangetraut.

Sechs Stufen im Dezember, jede Stufe feucht und jede zweite glatt. Der Nachmittag wäre noch schöner gewesen, wenn ich nicht die ganze Zeit überlegt hätte, wie ich da wieder runter komme. Mein lieber Schwager, wir kommen wieder, im Sommer. Gut, die Stufen werden nicht weniger, aber trocken sind sie dann. Das mit dem Dezember muss ich mir noch einmal überlegen.

Rückblickend muss ich sagen, trotz aller Widrigkeiten erwiesen sich unsere ersten Ausflüge als ein wahres Vergnügen. Klugerweise waren wir sehr bescheiden. Wir wollten nur ein einfaches natürliches Miteinander, wenn möglich jeden Tag einen kleinen Schritt in die Normalität zurück.

Während dieser Wochen entdeckte ich meine Vorliebe für Fahrstühle. War mir vorher nie aufgefallen. Platzangst im Fahrstuhl konnte ich mir ohnehin nicht leisten. Auch ein gelegentliches Ruckeln tolerierte ich ohne Weiteres.

Doch, ich mag Fahrstühle. Mein Hausarzt hat einen, unser Krankenhaus drei. Sie sind wie gemacht für mich. Meine Physiotherapeutin steht dagegen nicht so darauf, ich glaube, sie mag Treppen. Geoutet hat sie sich noch nicht, aber ich merke es. Fahrstuhlfahren haben wir noch nicht ein Mal geübt, Treppen steigen immer und immer wieder.

Der Jahreswechsel kam, damit verbunden die guten Vorsätze und viel Hoffnung für das Jahr 2012. Mit den guten Vorhaben war ich nicht zu großzügig. Mir war schon bewusst, dass ich zur Bestform auflaufen muss um meine Ziele zu erreichen.

Ach, so richtig mag ich gar nicht von den ersten Wochen des neuen Jahres erzählen, war nicht einfach. Ich hatte an mehreren Fronten zu kämpfen und das auch noch zeitgleich. Im Januar wird es früh dunkel, es ist kalt und es kann schneien. Eigentlich sind es Dinge, welche durchaus zu bewältigen sind. Für einen Prothesenträger stellen diese einfachen Fakten winterliche Hürden dar. Ist der dann noch am Anfang seiner Prothesenlaufbahn, sind es keine Hürden, sondern katastrophale Wintereinbrüche. Sinnvoll war es also, die Probleme nacheinander anzupacken. Die Dunkelheit wollte ich besiegen, indem ich in den Mittagsstunden meine Laufübungen absolvierte. Nur ein bisschen rausgehen – die Idee war gut, nur mit wem? Die Feiertage waren vorbei, Familie, Freunde, Bekannte, alle kehrten in ihren Alltag zurück. Ich war allein. Was war denn das?

Die Kälte erleichterte meine ersten Wanderungen in keinster Weise. Am meisten gefroren habe ich an den Händen. Zu dem Zeitpunkt benötigte ich noch zwei Stützen zum Laufen. Also brauchte ich Handschuhe, welche nicht zu dick, unbedingt rutschfest und vor allem warm sind. Solche Handschuhe gibt es nicht. Eine junge Ärztin, die in meinen Aufzeichnungen noch einen besonderen Platz einnehmen wird, bemerkte meinen Kummer. Sie lief zum Auto und holte ihre Handschuhe. In meinem Herzen wurde mir warm, an den Händen nicht. Aber rutschfest waren meine neuen Handschuhe. Als es nur etwas wärmer wurde, erwiesen sie sich als meine treuesten Wegbegleiter. Ich hab sie nie allein

zu Hause gelassen, bis zum Monat April sind wir immer gemeinsam losmarschiert. Jetzt halten sie Sommerschlaf. Handschuhe dürfen so was.

Heikel ist der zweite Aspekt meines Kälteproblems. Es sind meine Füße. Nein, ich habe mich nicht verschrieben. Sie haben gefroren, bitterlich, und zwar beide. Erklären kann ich es nicht. Es handelt sich um Wahrnehmungen, die nicht zum Weitererzählen geeignet sind. Wenn ich das alles im Oktober gewusst hätte, ich hätte mich umgedreht und wäre abgehauen. Aber schwerkrank, mit nur einem Fuß und noch keiner Prothese, da wäre nur ein Ort in Frage gekommen und da wollte ich noch nicht hin.

Wie verzweifelt ich war, lässt sich daran erkennen, dass ich mich fürchterlich darüber aufgeregt habe, warum ausgerechnet der Monat Januar einunddreißig Tage zählt und diese so langsam vorübergehen. Natürlich weiß ich: Im Januar war schon immer Winter, er zählte schon immer einunddreißig Kalendertage und war noch nie schnelllebig. Trotzdem ist der erste Monat im neuen Jahr schon seit langer Zeit nicht mehr mein Freund. Auch meiner Mutter war der Monat Januar zu lang, zu dunkel und zu kalt. Sie starb durch den Freitod am 31. Januar 1977. Grausam und gruselig, auch nach fünfunddreißig Jahren, unsere arme Mutter.

Manchmal glaube ich, dass ich eine starke Frau bin, wie hätte ich sonst all das Niedergeschriebene aushalten können? Ich rede gar nicht von dem, was ich nicht aufgeschrieben habe.

Wir haben Juni 2012. Es geht mir besser. Erleichtert bin ich, dass die Wintermonate vorüber sind. Manchmal hatte ich keine andere Wahl, als die Zeit auszusitzen.

Für mich ist vieles leichter im Sommer. Dass man sich so intensiv mit dem Wetter beschäftigen kann, hätte ich nie für möglich gehalten. Wetter ist nicht langweilig, Wetter ist interessant.

Besser bereits heute über den nächsten Winter nachdenken. Er wird kommen. Ich muss sehr gut vorbereitet sein. Noch günstiger wäre es, einen Meteorologen an meiner Seite zu wissen. Kenne bloß keinen, habe in unserer kleinen Stadt auch noch nie einen gesehen. Aber wenn man fast alles verloren hat, nur den Mut nicht, dann lässt man sich nicht von einem Wintermonat unterkriegen. Also, Januar 2013, kannst ruhig kommen, ich werde auch da sein.

Das reicht zum Thema Wetter, ich habe klare Ansagen gemacht. Zwischen den Zeilen hat sich ein Wort versteckt. Ich traue mich gar nicht, es aufzuschreiben, es gehörte nicht mehr zu meinem Wortschatz. Ich wusste nicht mal mehr, wie es geschrieben wird. Mit Z fängt es an, ganz simpel und doch so schön. Die Zukunft. Ich denke an die Zukunft. Ich freue mich für mich.

Im Monat Februar ging alles schon ein bisschen leichter. Schon durch die Tatsache, dass es nur neunundzwanzig Tage waren, deutete sich eine positive Tendenz an. Wir absolvieren nämlich gerade ein Schaltjahr. Aufmerksam beobachte ich jede Kleinigkeit, wer weiß, wann ich sie noch brauche. Die Tage wurden heller, länger und freundlicher. Drei Highlights schmückten den Februar zusätzlich. Am siebzehnten Februar galt die Wundheilungsstörung als abgeschlossen. Laufen durfte ich – nicht heimlich, nein, bei Tageslicht. Ich war fast meschugge vor Glück. Wie ungeduldig hatte ich diese Nachricht erwartet. Von zehn Minuten auf fünf Stunden, das war ein Paukenschlag. Nach zwei Stunden habe ich wegen meiner miserablen Kondition auf der Couch gelegen. Hab ich keinem erzählt, irritiert war ich schon.

Die Volksweisheit, dass der Wille Berge versetzt, galt sie für mich? Ich wollte wirklich, nur kurzatmig kann man keinen Berg ersteigen.

Der nächste Höhepunkt war der fünfundzwanzigste Februar. Stolz lief ich inzwischen drei Stunden. Im aufrechten Gang. Ich kam mir so groß vor. Von da oben sah alles so anders aus; ja, es war lange her.

Mein Mann hatte Geburtstag. Ich habe ihm einen Kuchen gebacken, geschmeckt hat er nicht, aber nach Kuchen gerochen hat es im ganzen Haus. Als er nach seinem Arbeitstag nach Hause kam, habe ich ihm die Tür aufgemacht. Ein Jahr konnte ich es nicht. Entweder war ich nicht da oder zu krank, um aufzustehen. Wie ich schon erwähnte, unsere Geschenke sind kleiner, aber viel herzlicher geworden.

Mit Nachdruck sagte ich immer wieder: »Was für ein schöner Abend!« Gesagt hat er es nicht, aber genossen hat er's.

Nun zum Neunundzwanzigsten des Monats, hab ja gleich gesagt, dass ich die Besonderheit des Schaltjahres erwähnen muss. In zehn Jahren glaubt jeder, ich hätte mich verschrieben. An diesem besagten Tag besuchte mich eine Kollegin, als Hebammen arbeiten wir schon Jahre in der gleichen Klinik. Was habe ich mich danach gesehnt, sie zu treffen. Der Besuch war lange überfällig. Fairerweise muss ich sagen, dass sie mir schon ein wundervolles Weihnachtsgeschenk gemacht hatte. Sie schrieb mir einen Brief. In dem Brief stand alles und zwischen den Zeilen noch viel mehr. Ich weiß nicht, wie oft ich ihn gelesen habe. Ich weiß es wirklich nicht, sonst würde hier jetzt eine Zahl folgen, eine mehrstellige. Heute, Juni 2012, gehe ich entspannter mit der Situation um, lese den Brief immer noch sehr gerne und muss dabei schmunzeln.

Die Verfasserin ist so'n bisschen ›Öko‹. Also das Briefpapier ist durchaus gewöhnungsbedürftig, mit jemand anderem würde es gar nicht gehen. Bei ihr ist es vollkommen in Ordnung.

Der Höhepunkt unseres Briefwechsels war ihr Besuch. Mit Nachdruck muss ich sagen, es waren für mich sehr wertvolle Stunden. Ich hatte die ganze Zeit Sorge, dass sie aufsteht und geht. Vier Stunden hat sie sich Zeit genommen.

Der Februar 2012 war ein guter Monat. Dagegen ist der Wonnemonat Mai gar nix. Naja, ich will mit dem Monat Mai nicht zu hart ins Gericht gehen, waren auch ein paar schöne Tage dabei!

Im Februar hatte ich einen schweren gesundheitlichen Rückschlag zu verkraften.

Aber langsam. Bewusst habe ich mich entschieden, erst die positiven Aspekte aufzuschreiben. Auslöser war der Abend des sechzehnten Januars. Ich hatte mir einen Plan zurechtgezaubert, den ich vielleicht doch vorher mit einem Vertrauten hätte bereden sollen. Ein Überraschungsbesuch stand auf meinem Programm. Stolz wollte ich meinen Kollegen meine

Genesungsfortschritte, meine Laufkünste und meinen ungebrochenen Willen vorführen. Ich lief allein in meinen geliebten Kreißsaal, zu meinen Kollegen, zu unseren Babys. – Sie freuten sich, dass es mir besser geht. Aber was war das für eine Atmosphäre? Was war geschehen?

Niemand rechnete mit meinem beruflichen Wiedereinstieg. Mich gab es nicht mehr.

Da mir der respektvolle Umgang miteinander wichtig ist, werde ich Details für mich, besser gesagt für ›uns‹ behalten. Seit diesem Abend habe ich Existenz- beziehungsweise Zukunftsängste. Ich habe sie heute noch, sechsundzwanzigster Juni 2012, 21.50 Uhr. Später versicherten mir meine Kollegen, dass sich niemand etwas dabei gedacht hat und ich erst mal gesund werden soll. Ich kann ihnen nicht glauben, dass sie sich nichts dabei gedacht haben.

Eins muss ich allerdings selbstkritisch feststellen, die Idee war gar nicht so schlecht, das Datum meines Besuches aber definitiv zu früh gewählt.

Auch holte mich an diesem Abend ein wichtiger Hinweis meiner Therapeuten aus der Reha-Klinik ein. Sie gaben mir mit auf den Weg, dass man mit dem Kopf läuft, nicht mit den Füßen. Bei großem Stress, Sorgen, einschneidenden Ereignissen können Prothesenträger nicht laufen.

Also bei allem Respekt und dem Bekenntnis im Fach Orthopädie nicht die Hellste gewesen zu sein, ich laufe mit den Füßen. Gelaufen bin ich zwei Tage nicht, dafür habe ich mich gezankt mit meinem Mann, da ich es nicht mal mehr allein in unsere Wohnung geschafft habe und er beim Helfen nicht versäumte, mich auf den Unsinn dieses Besuches aufmerksam zu machen! Geschlafen haben wir die Nacht getrennt. War gar nicht so schlecht, da konnte ich wenigstens so lange heulen, wie ich wollte.

Auf die Wiederholung eines Überraschungsbesuches habe ich definitiv keine Lust. So was hält man nicht jede Woche aus.

Der März hielt Einzug, es wurde heller, wärmer und schöner. Jeden Tag erinnere ich mich daran, dass ich nicht aufgeben werde. Es sind immer wieder Kleinigkeiten, die im normalen Leben überhaupt nicht von Bedeutung sind, bei mir aber an diesem Tag als ›Meisterstück‹ abgeheftet werden. Die kleineren Sachen habe ich ganz gut im Griff, vor den großen möchte ich manchmal weglaufen. Bringt leider nichts, erstens ist mein Laufstil in einem desolaten Zustand, und zweitens löst man so keine Probleme. Habe ich schon meinen Kindern beigebracht, als sie klein waren und noch auf ihre Mama hörten.

Nüchtern betrachtet, wird mir immer deutlicher bewusst, es sieht nicht gut aus. Wir sind eigentlich sehr bescheiden – bodenständig hört sich edler an – und hatten vorgesorgt. Aber wie lange kann man vorsorgen, ein Jahr, zwei Jahre? Nicht mal gesunde Hebammen können durch Arbeit reich werden, vielleicht weise, aber nur, wenn sie nicht übermütig sind, sonst werden sie nämlich verrückt. Da ich zu der Kategorie ›gesunde Hebammen‹ im Moment nicht gehöre, liegen meine Möglichkeiten, zu unserem Lebensunterhalt beizutragen, etwa bei dreißig Prozent. Ich kann das auch recht praktisch erläutern. Das Portmonee meines Mannes ist mir inzwischen viel vertrauter als meins, mit meinem ist nichts los. Das hatte ich mir anders vorgestellt.

Dazu fällt mir eine Episode ein, die es verdient hat, notiert zu werden. Es geht um das liebe Thema Geld. Nein, es geht nicht um Geld, es geht um Menschlichkeit. Der Beruf einer Hebamme an sich ist schon eine Herausforderung, dazu die Freiberuflichkeit, das hat seine Reize. Es verpflichtet aber zu einer bärenstarken Gesundheit in allen Lebenslagen. Diese hatte ich im Jahr 2011 leider nicht. Bestimmte Rechnungen aber dulden keinen Aufschub. Da ich im Oktober 2011 in keinem Geldinstitut, sondern auf einer Intensivstation weilte, war ich handlungsunfähig. Ganz krass ausgedrückt, ich todkrank, meine Familie zu Tode erschrocken, waren wir mit der Situation vollkommen überfordert.

Die Rechnungen wurden bezahlt. In einer Zeit, als ich nur überleben wollte und Sauerstoff für mich wesentlich wichtiger war als Geld. Als das mit dem Überleben geregelt war, fand ich mich schnell wieder auf dem Boden der Realität. Ich war da auch recht praktisch, nicht emotionslos, aber es stimmt, das Leben muss weitergehen. Ich wollte wissen, wer für mich bezahlt hatte.

Wieder muss ich meine beiden treuesten Freundinnen erwähnen. Ich setzte ihnen die Pistole auf die Brust. Erst haben sie ein bisschen gezickt, aber erschossen werden wollten sie nicht.

Dass ich zu einem unberechenbaren Risiko werden kann, hatte ich ja in den letzten Wochen bewiesen.

Natürlich hatten sie ihren Anteil. Zusätzlich kam Hilfe aus einer Richtung an die ich nie gedacht hätte. Die Dritte im Bunde ist eine Chefärztin unserer Klinik. Sie beteiligte sich an den notwendigen Zahlungen. Sie hat mir nichts gesagt. Und nun? Wie verhält man sich? Bedankt man sich? Es ist auch alles ein wenig zu viel für mich. Bis heute habe ich mir nicht die Mühe gemacht, nachzuzählen, wie viele Chefärztinnen wir in unserem Krankenhaus haben. Ich weiß aber genau, dass sie es war.

Eigentlich bin ich enorm belastbar, aber diese dramatischen Entwicklungen überforderten mich so manches Mal.

Zusammenfassend gehe ich achtsamer mit meinen Gefühlen um. Meine Pläne sind nicht mehr so großzügig bemessen und meine Wünsche viel bescheidener. Ich hätte nie über die Endlichkeit meines Lebens gesprochen, jedenfalls nicht mit meinen Kindern. Ich bin froh, dass ich es getan habe. Zugegeben, es war nicht mein Mut oder meine mütterliche Fürsorge, es war die Not. Aber vieles besprochen zu haben und doch Aufschub zu bekommen, das ist ein Geschenk.

Da ich bei diesem Thema mit der nötigen Sorgfalt vorgehen wollte, musste ich Hilfe zulassen. Ein Leben lang hatte mich gestört, dass nach dem Tod unserer Eltern niemand mehr mit uns über unser Elternhaus gesprochen hat. Es gab sie einfach nicht mehr. Oft kam ich mir vor, wie vom Baum geschüttelt. Ich hätte schon gern mal eine kleine Episode gehört und dann weitererzählt. So zurückzubleiben, das wollte ich meinen Kindern nicht zumuten. Schnell musste ich jemanden finden, der absolut zuverlässig, verschwiegen und ein guter Mensch ist. Auf der Intensivstation, von Monitoren überwacht, erwies sich das aber als schwierig. Da schließt man keine Bekanntschaften, da kämpft man mit ganz anderen Problemen. Ich sah meinen Mann an, wusste, er würde alle drei Kriterien erfüllen, verwarf den Plan aber sofort. Er war der Vater und er war befangen. Er wollte alles später regeln. Die Idee war gut, Hauptsache wir sind dann auch alle da.

Am zehnten Oktober 2011 habe ich jemanden in die Pflicht genommen und Ostern 2012 von der Pflicht befreit. Harmoniesucht konnte ich mir nicht leisten, keinen Fehler; ich war in Zeitnot. Deutlich stellte ich klar, dass es kein Auftrag für die Ewigkeit ist, aber für die nächsten Wochen sehr wohl. Aus heutiger Sicht nicht nachvollziehbar, vor acht Monaten überlebenswichtig.

Ich bat eine Kinderärztin unseres Krankenhauses an mein Krankenbett.

Als sie neben mir saß, verspürte ich eine große Sicherheit und ließ keinen Zweifel an meinem Vorhaben zu. Wir kennen uns über dreißig Jahre, immer auf Distanz und trotzdem so dicht dran, das kann uns keiner nehmen. Eine kluge Frau, eine leise Frau, eine weise Frau, eine Frau mit ganz viel Herz. Ziemlich viel ›Frau‹, aber ich kann nichts davon weglassen. Schonungslos kam ich gleich zur Sache. Auch mit Emotionen ging ich inzwischen verhaltener um. Zu viel davon machte es beiden Seiten nur unnötig schwer.

Ich bat sie, falls es trotz aller Bemühungen dazu kommt, dass ich nicht mehr da sein werde, mit meinen Kindern zu sprechen. Unnötigerweise gab ich ihr noch den einen oder anderen Tipp, tut mir heute leid. Sie hätte alles richtig gemacht. Tausende Kinder hat sie betreut, beschützt und geliebt. Renate Kritzler ist eine besondere Frau. Das Versprechen gab sie mir. Nur ihre Augen haben mir nicht gefallen. Wegen des Versprechens machte ich mir keine Sorgen. Es waren andere Gründe. Hatte ich mir größte Mühe gegeben, sie in einem einigermaßen stabilen Zustand zu empfangen, verriet ihr Blick, dass mir gerade das nicht gelungen war.

Es war für uns alle keine leichte Zeit.

Nun gehen wir wieder unsere eigenen Wege. Getrennte Wege sind es nicht, aber jeder hat seinen Lieblingspfad. Ich bin ihr unendlich dankbar.

Es ist Sommer 2012, es blitzt und donnert gerade fürchterlich. Die Sommergewitter der vergangenen Jahre habe ich nicht so intensiv in Erinnerung. Drei Gründe halte ich für möglich. Entweder waren die Gewitter in den letzten Jahren nicht so kräftig oder ich habe sie im Kreißsaal bei unserer Kinderkriegerei gar nicht bemerkt oder mein durchgerüttelter Gemütszustand ist daran schuld. Ob ich sogar Gewitter überbewerte? Ich schwöre, der Blitz ist heller und der Donner lauter als gewöhnlich. Was man sich für Gedanken macht. Mir würde gefallen, wenn etwas von allen drei Gründen in die Waagschale fällt. Damit könnte ich gut umgehen. Ich bin ja froh, dass es das Wetter gibt. Gehört es doch jetzt zu meinem Vormittagsprogramm, es zu beurteilen. Je verrückter das Wetter, um so besser, desto länger kann ich mich damit beschäftigen.

Jeden Abend denke ich, es ist wieder ein Tag geschafft. Dabei versuche ich, wirklich sinnvolle Aktivitäten darin einzubauen. In meiner Situation ist es schwierig, tollen Erlebnissen hinterherzujagen. Dauerhaft gelingt es mir nicht, mir jeden Tag mit einem Höhepunkt zu versüßen. Diese Erkenntnis macht mich wütend.

Wütend sein ist eine Eigenschaft, welche ich zumindest in dieser Intensität vor dem 12. Oktober 2011 nicht kannte. Gut, ich war mal nicht so gut drauf oder schlecht gelaunt, aber wütend, nein, das war mir viel zu anstrengend. Entspricht auch nicht meiner Mentalität. Mit Sicherheit wird jetzt jemand sagen: »Ich habe sie wütend gesehen«, klar, dann war es aber schon lange überfällig.

Oh, ich kann inzwischen wütend werden. Ist es nicht schlimm, wenn einem trotz allergrößter Anstrengung ein Vorhaben nicht gelingt? Das ist nicht nur schlimm, das ist noch ganz was anderes.

Wenn einem ein Zehn-Euro-Schein in der Küche auf recht ordentlich aussehende Fliesen herunterfällt, kann man ihn nicht aufheben. Der Geldschein ist dünn, die Fliesen sind glatt. Ich habe alles versucht: mit Prothese, ohne Prothese, im Rollstuhl. Durch die ganze Küche habe ich ihn gejagt, in die Ecke habe ich ihn getrieben. Es ist mir nicht gelungen. Dieses ganze Szenario könnte ich auch mit einem Zwanzig-

Euro-Schein durchspielen, über andere Scheine denken wir nicht nach. Was macht man? Wieder ruhiger werden, Geldschein unauffällig beobachten, ihn nicht aus den Augen lassen und nach Stunden den ersten Besucher, so unauffällig wie irgend möglich, bitten, alles Heruntergefallene aufzuheben. Da soll ich nicht wütend werden?

Ich hasse diese Hilflosigkeit. Jeden Tag kann ich über Erfolge berichten, andererseits erlebe ich jeden Tag meine Grenzen. Davon erzähle ich nur die Hälfte. Passt nicht zu mir, die Welt daran teilhaben zu lassen. Ist eben meine Art, mit Kummer umzugehen.

Gerne würde ich über Matrosen, Imker oder Schneiderinnen berichten, aber die verkehren nicht in meiner Küche. Ich kann mich drehen, so oft ich will, ich lande immer wieder bei Ärzten, bei Therapien und Apotheken. Letzteres hat schon wieder seine Reize. Immerhin haben wir vier davon in unserer kleinen Stadt. Reichlich Grund, darüber nachzudenken, welche ich auswähle. Mit solchen Problemen konnte ich nicht rechnen. Niemand geht ohne Folgeschäden durch so ein Jahr.

Man kann es nicht genug wertschätzen, gesund zu sein, einfach nur gesund.

Ungeheuer schmerzlich ist die Tatsache, dass auch ohne mich alles weitergeht.

Die Glocken unserer Kirche läuten morgens um sechs und abends wieder. Die Schranken des Bahnübergangs schließen immer dann, wenn man es besonders eilig hat. Alle fahren zur Arbeit. Am schlimmsten ist es sonnabends, dann stehen in unserer Lokalzeitung ›Die Babys der Woche‹. Warum leiste ich mir jeden Sonnabend diesen Schmerz? Es gibt ihn nicht mal umsonst. Ich bezahle die Zeitung. Vielleicht steht dahinter einfach der Versuch, doch noch dazuzugehören.

Ernüchtert muss ich feststellen, dass ich nicht mehr dazugehöre. Ich bin mir nicht sicher, ob in meinem Oberstübchen noch alles in Ordnung ist. Es belastet mich sehr, so ›untätig‹ zu Hause zu sein.

Natürlich bekomme ich reihenweise gute Ratschläge. Leider sind die meisten so schlecht, man kann sie nicht einmal weitergeben, man muss sie für sich behalten. Dabei glaube ich ehrlich, dass es niemand böse mit mir meint, wie schnell sagt man ein paar Worte einfach so dahin. Wer soll ahnen, dass ich jedes Wort gleich analysiere; ich habe eben viel Zeit. Dass ich selbst mit Bagatellen schwer umgehen kann, macht den Umgang mit mir nicht leichter. Ich versuche mich nicht wichtiger zu nehmen, als ich bin. Aber wenn einem so etwas widerfährt wie mir, liegt die Messlatte einfach ganz woanders. Für mich ist es kein Problem, wenn der Urlaub nicht mit dem Urlaubswetter zusammenpasst, wenn der Friseurtermin nicht einzuhalten ist und die Spritpreise wieder unglaublich steigen. Auch Zahn- oder Kopfschmerzen können mich nicht umhauen. Nur meine vertrautesten Freunde wissen, wie ich darunter leide. Ich möchte doch nur so schnell wie möglich in mein altes Leben zurück. Ich bin noch weit davon entfernt, im Gegenteil, ich drifte immer weiter ab.

Halt. Ich darf mich nicht forttreiben lassen von meinen Gefühlen. Wenn ich durchdrehe, habe ich noch ein Problem mehr.

Zurück zu einem meiner Lieblingsthemen.

Eine junge Ärztin, voller Tatendrang, ein bisschen verrückt, natürlich aus unserem Krankenhaus. Jedes Mal, wenn ich denke, ich habe sie durchschaut, stelle ich fassungslos fest, ich kenne sie noch lange nicht.

Vor zehn Monaten trat sie in mein Leben. Konnte ich ihr

im Oktober 2011 während der Visite nur zögerlich in kurzen Sätzen antworten, kommt sie heute in unser Haus gelaufen, wir tauschen kurz alle wichtigen Informationen aus, wir sehen uns an, wir nicken uns zu, und genauso fröhlich, wie sie gekommen ist, läuft sie wieder zum Auto. Ich stehe am Fenster und winke leise für mich, wie ich es mit allen Familienmitgliedern mache. Was ist nur in diesem Jahr passiert? Ich habe nicht nur meinen Fuß verloren, sondern auch mein Selbstvertrauen. Beides ist fürchterlich, es gibt jedoch einen Unterschied. Mein Fuß kommt nie wieder, vielleicht aber mein Selbstvertrauen. Ich bräuchte das eine, wie das andere. Darum muss ich genau hier anfangen: mit der jungen Frau, der Ärztin, mit Johanna.

Wenige Tage vor Weihnachten aus der Rehaklinik kommend, hatte ich größte Sorge, Fehler zu machen, ich war verrückt vor Angst. Dass es eine derart große Verzweiflung geben kann, hätte ich nie für möglich gehalten. Ich kannte mich selbst nicht mehr. Wie sollte es weitergehen? Na zum Beispiel mit Johanna. Vom 20. Dezember bis 2. März kam sie neununddreißig Mal und hat nach dem Bein, nach dem Verband oder nach meinem Herzen gesehen. Das tat sie nicht in der Arbeitszeit, sie kann es nicht von den Steuern absetzen, sie hat nicht mal Spritgeld genommen. Was macht man mit solchen Menschen? Was mache ich mit Johanna? Sie hat sich mir gegenüber immer pietätvoll verhalten. Taktvolle Rücksichtnahme zeichnet sie ebenso aus wie die nötige Konsequenz einer Ärztin. Andererseits konnte man einfach nur so mit ihr plaudern. Sie ist schlagfertig und fern von jedem Durchschnitt. Für Firlefanz ist ihr die Zeit zu schade. Sie passt einfach in kein Klischee.

Bemerkenswert fand ich, mit wie viel Respekt sie von erfahrenen ärztlichen Kollegen gesprochen hat. Ich muss mir etwas ganz Besonderes für sie überlegen. Ja, das werde ich. Auf jeden Fall hat sie einen Platz in unserem Haus und in unseren Herzen. Trotz unserer derzeitigen Ausnahmesituation haben wir freie Kapazitäten in beiden Orten.

Dass wir uns diese Eigenart bewahren konnten, zeichnet unsere Familie aus. Dafür liebe ich sie. Wir halten jedem, der an unsere Tür klopft, die Hand entgegen. Das war schon vorher so und es wird so bleiben. Wenn man 35 Jahre gemeinsam recht ordentlich durch die Welt wandert und lediglich mit banalen Alltagsproblemen dann und wann konfrontiert wird, hat man ganz viel Glück im Leben. Dann ist es an der Zeit zu geben, daran wird unsere jetzige Situation nichts ändern.

Wieder einmal wird mir schmerzlich bewusst, wie sehr sich unser Leben verändert hat. Einen Aspekt hätte ich vor Monaten nicht so formulieren können. Die Vorstellung, dass ein ähnliches gesundheitliches Problem meinem Mann oder meinen Kindern widerfahren wäre, ist für mich unerträglich. Es ist nicht gut, was wir erleben müssen, aber dass ich es bin, ist in Ordnung. Ich muss meinen Frieden finden.

Wie dünnhäutig ich geworden bin. Ich will es nicht, muss aber nach den letzten vier, fünf Sätzen wieder weinen. Wann wird das aufhören, ob es Jahre dauert?

Aller Verstand nützt nichts in diesen Momenten. Es gibt keinen nennenswerten Trost. Es fällt mir schwer, daran zu glauben, die Zeit heile alle Wunden; nein, man muss ganz viel dafür tun.

Manchmal, wenn die Erfolge einfach zu mühselig sind und mir alles viel zu langsam vorangeht, habe ich richtig Lust zu stänkern. Nur mit wem und warum? Derjenige muss aus meinem Umfeld sein, er sollte mir wenigstens einen minimalen Anlass dafür bieten und in einem milden Umgang mit mir geübt sein.

Mir war schon bewusst, dass ich mit dem Echo klarkommen musste. Es sollte darum verschwindend klein ausfallen. Mein Mann erfüllt sämtliche Bedingungen hundertprozentig. Dreimal hat er sich die Sache gefallen lassen. Dann hat er mich sozusagen aufs Abstellgleis gestellt. Im Rollstuhl unten an der Treppe sitzend und er ist oben, ist nicht lustig. Im Rollstuhl oben an der Treppe sitzend und mein Mann ist unten, ist auch nicht lustig.

Stänkern ist überhaupt nicht lustig. Diese Lektion habe ich gelernt. Vollkommen unspektakulär und schnell. Ich habe es begriffen. Muss mein Ego ein bisschen zurücknehmen, sonst wird es hier nichts mit dem friedlichen Miteinander.

Jeden Tag registriere ich Entwicklungen, welche es sonst in meinem und unser aller Leben nicht gegeben hätte. Anfangs bin ich davon ausgegangen, dass ich laufen lernen muss. Ach was, leben muss ich lernen.

Am ersten Oktober 2011 habe ich offiziell bekanntgegeben, dass ich mich für ein Jahr aus dem Berufsleben zurückziehen werde. Ich wollte meiner Familie, mir und vor allem meinen Kindern alles erdenklich Gute antun und schnell gesund werden. Heute sind zehn Monate vergangen. Trotz täglichen Bemühens und unglaublicher Unterstützung werde ich es nicht schaffen. Gut ist, dass ich die Tatsache so aufschreiben kann, wie sie ist. In den ersten Wochen habe ich mich selbst angefleht, diesen Zeitraum wirklich einzuhalten. Bin von ganz allein dahintergekommen, dass meine Sorge unbegründet ist. Dieses Ziel war nicht zu schaffen. Zu groß waren die Umwälzungen. Die reinste Revolution. Aber Aufgeben ist nicht, ich habe keinen Grund dafür. Der Inhalt meiner Zukunftspläne ist gut, über das Datum muss ich neu nachdenken. Wegbegleiter und Freunde bestärken mich in meiner jetzt gewonnenen Einsicht, aber auch in meinen Vorhaben. Zu gegebener Zeit werde ich es kundtun. Leider bin ich auch umgeben von Klugscheißern, die alles besser wissen und anders gemacht hätten. Sie helfen mir nicht, sie schaden mir nur.

Wir haben heute den ersten August 2012. Zwei Monate habe ich noch Zeit. In der ersten Oktoberwoche werde ich mein Tagebuch beenden. Dann habe ich mich selbst ein Jahr begleitet. Ist schon irgendwie bemerkenswert. Höre ich da Stolz in meiner Stimme? Ich habe alles zeitnah dokumentiert. Ganz bewusst so, wie ich es an diesem Tag oder an jenem Wochenende erlebt, empfunden oder ausgehalten habe.

Natürlich hätte ich über einzelnes auch drei Wochen nachdenken, es mir dann erst schönreden und später schönschreiben können. Dann wäre es aber nicht das Buch geworden, das es jetzt ist.

Es ist ein gutes Jahr, es ist ein interessantes Jahr, und es ist das schwerste Jahr meines Lebens.

Ob ich es schaffe, in den zwei verbleibenden Monaten alles aufzuschreiben? Bevor das Gerenne losgeht und Hektik entsteht, schreibe ich jetzt lieber auf, was mir noch wichtig ist. Wichtig ist mir alles, aber einiges ist mir sehr wichtig. Drei Dinge sind für mich von größter Bedeutung. Ich möchte keine Weltreise machen. Ich muss nicht Dinge erfinden, die ich sonst auch nicht getan hätte.

Ich möchte Enkelkinder haben. Vielleicht eins, zwei oder drei?

Ich möchte Kinder auf die Welt holen in unserem Krankenhaus. Vielleicht eins, zwei oder drei?

Ich möchte, dass mein Mann endlich wieder so herrlich laut lacht, wenn er denn lacht. Er kann es doch. Vielleicht ein, zwei oder drei Mal?

Wagemutig bin ich nicht. Ich finde meine Wünsche angemessen. Aber einzigartig sind sie und sie gefallen mir außerordentlich.

Um die Umsetzung sorge ich mich nicht. Wie wir es bewerkstelligen, ist mir noch nicht ganz klar, aber dass es wunderschön wird, das weiß ich.

Die zeitliche Reihenfolge ist nicht von Bedeutung. Nur würde ich ungern auf einen meiner drei Wünsche verzichten.

Manchmal fürchte ich, dass ich Wegbegleiter nicht erwähne oder ihre Bedeutung unterschätze. Ich kann schlecht eine Strichliste führen. Um mich zu beruhigen, habe ich mir vorgenommen, wenn mir irgendjemand durch die Lappen geht, nehme ich ihn mit auf eine Reise in mein zweites Jahresbuch.

Es gibt leise Wegbegleiter, die sich über viele Jahre immer im Hintergrund halten, aber im entscheidenden Moment neben mir stehen. So ist es mit Sybille. Kennengelernt haben wir uns am ersten September 1978. Vierunddreißig Jahre, was haben wir alles zusammen erlebt. Gelacht haben wir gerne. Schön, dass man mit neunzehn so unbekümmert sein darf. Wir haben beide viel erreicht, wir haben beide auch viel aushalten müssen. Ob das ein Garant für eine lange Freundschaft ist?

Als ich im Oktober 2011 auf der Intensiv-Station lag, wie fast immer mit geschlossenen Augen, hörte ich ihre Stimme. Meine Augen waren zu, aber meine Ohren waren auf. Zu dieser Zeit konnte ich mein Verhalten nicht hinterfragen, ich tat es einfach. Wie die Sache medizinisch funktioniert, weiß ich nicht. Aber ich hatte definitiv mit geschlossenen Augen weniger Schmerzen. Mir gelang die logische Kombination, wo ihre Stimme ist, da ist auch Sybille. Beschreiben muss ich diesen Vormittag so ausführlich, weil ich mit viel Wehmut an diese Stunde denke.

Ich nahm all meine Kraft zusammen, machte ein Auge auf und drehte meinen Kopf vorsichtig zur Seite. Ich wollte sie nicht nur hören, ich wollte sie sehen. Da saß sie, wie immer leise, bescheiden, fast schüchtern. In dieser Position konnte ich nur die Beine und die Hände meiner Besucher sehen. Ich strengte mich sehr an, hob meinen Kopf und sagte, wie ich es immer tat, wenn wir uns nach Monaten sahen: »Was hast du bloß wieder für Schuhe an?«. Hinzufügen muss ich, dass sie eine Vorliebe für elegante, nicht ganz alltägliche, durch Aussehen und Qualität auffallende Schuhe besitzt. Und wie immer antwortete sie: »Ach weißt du, die haben mir gefallen ...«. Ein einfach so dahingesagter Satz. Mir hat das Wort Schuh das Herz zerrissen. Zu einem zweiten Schuh gehört ein zweiter Fuß. Ich brauchte keinen zweiten Schuh, glaubte damals, nie wieder einen zu brauchen. Wie tief muss eine Freundschaft sein, dass ich in so einem Moment vorsichtig nach ihren Schuhen fasse, um mir wenigstens annähernd Farbe und Beschaffenheit einzuprägen. Genauso vorsichtig rückte Sybille ein Stück näher, damit ich mich nicht so quälen musste. Beinahe hatte meine Hand es geschafft, ich gab mich dann aber doch mit dem Blickkontakt zufrieden. Sybille besucht mich fast wöchentlich. Obwohl sie eine Praxis hat und viel zu tun, und Schuhe kaufen muss sie auch noch. Manchmal macht Freundschaft sprachlos. Sie hat diese unglaubliche Gnade, einen Raum mit Zuversicht zu füllen. Auch Menschen können gnädig sein. Sie hat mich immer mit Anstand behandelt. Ich werde es ihr nie vergessen.

Zu meinen bedeutendsten Erlebnissen des vergangenen Jahres gehören die Krankenhausbesuche. Viele Monate lang. Wunderschöne waren dabei, furchtbar traurige, echt peinliche und so tolle, da würde ich am liebsten um eine Wiederholung bitten. Habe ich das nicht schön geschrieben? Macht mir Spaß, ein bisschen rumzukaspern, scheint an meinem Genesungsprozess zu liegen. Die Bandbreite meiner gastgeberischen Fähigkeiten reichte von sehr unbeholfen bis hin zur Professionalität. Das hatte ich nicht für möglich gehalten. Es hat keine Situation gegeben, die es nicht gab. Das Besondere daran: Ich war Gastgeber, aber ich war nicht zu Hause. Um keine Missverständnisse aufkommen zu lassen, jeder Besuch ist uns herzlich willkommen, aber von nun an bitte zu Hause.

Eine Aufarbeitung haben die Krankenhausbesuche echt verdient, sie prägten viele Monate lang mein Leben. Ich war dabei ein Einzelkämpfer. Auf der mir gegenüber liegenden Seite standen viel, viel mehr Personen. Beginnen muss ich mit meinem Mann. Immer bekommt ihm die Vormachtstellung nicht, aber hier hat er sie verdient. Um die Besuche besser werten zu können, habe ich beschlossen, Sterne zu verteilen. Fünf Sterne, heißt höchste Punktzahl. Bei ›Anzahl der Besuche‹ hat er fünf Sterne erreicht, bei ›gesprochenen Wörtern‹ zwei. Für den ›Inhalt der Gespräche‹ gab es vier Punkte. Von dieser Bewertung muss ich den Aufenthalt auf der Intensivstation ausnehmen. Ausnahmezustände würden das Ergebnis verfälschen. Die Besuche meines Mannes während der ITS-Zeit waren wirklich etwas Besonderes. Sie nahmen zeitweise skurrile Formen an. Eigenwillig waren sie. So kannten wir uns nicht. Gekommen ist er jeden Tag. Es war nicht immer einfach.

Es geht schon mit dem Eintreffen los. Man muss Schutzkleidung anziehen, sich einer gründlichen Händedesinfektion unterziehen, immer von einer kompetenten Krankenschwester begleitet, an sehr kranken Mitpatienten diskret vorbei. Man sieht sie nicht, aber man spürt sie. Dann ist es endlich geschafft. Er kommt in das Zimmer. Da liege ich, auch nicht gerade das blühende Leben. Er sah immer etwas durchgeschüttelt aus, eigentlich wollte er nur seine Frau besuchen. Nun saß er neben mir. Ich, inzwischen im Besuch empfangen geübt, drehte den Kopf leicht zur Seite und machte vorsichtig ein Auge auf. Ja, es hatte alles geklappt. Hab mich schon sehr gefreut. Es war so ein innerer Frieden, wenn er dort saß. Gesprochen haben wir sehr wenig. Ich habe mit seinen Fingern gespielt. Das hat mir gut gefallen. Gezählt habe ich sie, einmal von rechts und einmal von links. Dann habe ich sie mir genau angesehen. Es war alles in Ordnung. Schön braun waren sie. Knurrig wurde ich, wenn sie nicht entspannt waren. Nervöse, steife Finger mochte ich nicht, locker mussten sie sein.

Zurück zu meinem eigentlichen Vorhaben: die Punkteverteilung für meine Besuche. Da ist Marianne. Sie bekommt für die Anzahl der Besuche fünf Sterne, für gesprochene Worte drei, für Inhalt vier und für Menschlichkeit sechs Sterne. Halt, jetzt bin ich verbiestert, Menschlichkeit habe ich gar nicht in das Bewertungssystem aufgenommen und fünf ist die höchste Punktzahl. Ist es naheliegend, dass ich sie eben bevorteilen wollte?

Bekanntlich sind wir Freundinnen und Arbeitskolleginnen. Als Freundin gebe ich nichts von ihr ab, soll sich jeder selbst so eine suchen. Als Kollegin machen wir es uns gegenseitig nicht immer leicht, zu unterschiedlich sind manche

Auffassungen. Ich weiß gar nicht, ob man das darf. Wir tun es einfach. Unserer Freundschaft hat es nie geschadet.

Kommen wir zum nächsten Kandidaten, Person Nummer drei. Anzahl der Besuche: null Sterne, Anzahl der gesprochenen Wörter: null, Inhalt: auch null. Eventuell dachten Ferngebliebene, dass ich hochgradig ansteckend bin. Sie zu vermissen war trotzdem schlimm. Ist immer noch schlimm. Ich versuche oft, für jede Situation eine Erklärung zu finden. Damit muss ich endlich aufhören. Es gibt nicht für jedes Verhalten eine rationale Erklärung, ist auch nicht notwendig.

Schreibe ich lieber über unsere Söhne. Ihre Namen werde ich nicht nennen. Sie sind in ihrem Wesen so unterschiedlich, dass Verwechslungen gar nicht möglich sind.

Also einer der Jungs, Anzahl der Besuche: fünf Sterne, Anzahl der gesprochenen Worte: fünf Sterne, für Inhalt: vier. Gut, ein halber Punkt ist Mutterliebe, aber sonst stimmt alles. Da war Leben in der Bude. Anfangs musste ich mich nach den Besuchen immer erst erholen. Sie taten das, worum ich sie gebeten habe, den Kopf nicht in den Sand stecken, sondern nach vorne schauen.

Trotz größter Traurigkeit meisterten sie unsere ersten schweren Wochen so souverän, dass ich heute eine Glückseligkeit empfinde, wenn ich daran denke. Sie sind durch diese Zeit größer, schöner und stärker geworden. Ich hatte ein Leben lang unendlich viel Geduld mit ihnen. Jetzt haben sie sie mit mir.

Regine, nun möchte ich deine Besuche bewerten. Unser Dreiertrupp – Marianne, du und ich – ist einfach genial. Mir wird erst jetzt richtig bewusst, dass ungerade Zahlen für Freundschaften kein Problem darstellen. Du warst für den Augenblick, für die Routine, für Streicheleinheiten und Schabernack zuständig. Die schwersten Momente konnte ich dir nicht ersparen. Verzeih mir, Regine; es gab keine andere Möglichkeit. Wer, wenn nicht du? Im Oktober 2011 bat ich dich, mir eine Patientenverfügung zu bringen und mir beim Ausfüllen behilflich zu sein. Nicht wegen des Inhalts, diesen hatte ich mit meinem Mann eindeutig besprochen. Nein, du hieltest je nach Dringlichkeit die Taschentücher, den Kugelschreiber oder die einzelnen Blätter. Du hast nicht mal geweint. Was für eine starke Frau du bist. Selbst der miserable Zustand meiner Taschentücher ist dir aufgefallen. Von nun an gab es jeden Tag eine frische Packung. Sie waren am nächsten Tag immer alle, aber du musst mir glauben, oft habe ich meine Besucher mitversorgt. Ist bestimmt ins Geld gegangen? Wie anders klingen dagegen der Augenblick und die Routine. Wie redegewandt du sein kannst, und wenn nichts mehr ging, erlaubtest du mir, an deinem Schabernack teilzuhaben. Regine, das hätte ich im Leben nicht gedacht, was du aus deiner Kitteltasche, deinem Herzen und deinem Wortschatz zaubern kannst. Nicht alles war stubenrein, aber lachen konnte ich. Das war schön.

Jetzt aber zu deiner Bewertung: Anzahl der Krankenhausbesuche: vier Sterne, gesprochene Worte: vier Sterne, Inhalt: fünfeinhalb Sterne. Nein, es gibt keinen Kommentar. Die Bewertung ist korrekt.

Eins muss ich noch bemerken. Wenn ich glaubte, nicht mehr zu können, die Last einfach zu schwer, die Bemerkungen zu verletzend waren und ich einen verbalen Ausraster nicht verhindern konnte, hast du es einfach zugelassen. Geholfen hat es nicht. – Was ich jetzt schreibe, habe ich mir genau überlegt. Dass du mich gewähren ließest, Regine, hat nichts mit mir zu tun. Du warst einfach nur loyal. Wenn man vierzig Jahre als Chefarztsekretärin arbeitet, kann man das Wort Loyalität buchstabieren, und zwar im Dunkeln.

Es gibt Krankenhausbesuche, die durch diese Bewertung nicht erfasst werden können. Sie waren einmalig, im wahrsten Sinne des Wortes. Ich sah mich um, neben mir stand niemand. Der Besuch galt wirklich mir. Ein Mann im eleganten Anzug mit passender Krawatte. In den vergangenen Monaten hatte ich nur Männer in weißen Kitteln oder in OP-Kleidung gesehen. Dieser Mann, in dem wirklich eleganten Anzug, hält alle Fäden im Krankenhaus zusammen, die weißen, die roten, die schwarzen, was weiß ich, wie viele verschiedene es davon gibt.

Viel Menschlichkeit konnte ich erleben. Manchmal musste ich tief durchatmen, um meine Fassung zu bewahren. Mittelmäßigkeit gab es bei mir nicht mehr. Entweder war ich sehr glücklich und von inniger Dankbarkeit erfüllt, oder mir wurde die immense Tragweite meiner Situation bewusst, was sich nur in größter Traurigkeit aushalten ließ.

Dennoch habe ich einen Anspruch an mich. Diesen werde ich beherzt verwirklichen.

Viel Zeit habe ich meinem Krankenhaus gegönnt, notwendige Zeit, wertvolle Zeit. Fünfunddreißig Jahre habe ich alles gegeben und noch mehr bekommen. Jetzt kann ich nicht mehr. Ich habe es mir nicht ausgesucht und bin traurig. Aber ich habe einen Traum und schäme mich nicht dafür. Ich werde auch nicht um Erlaubnis bitten. Doch, einen Menschen habe ich gefragt. Er träumt diesen Traum nicht, versucht aber mich zu verstehen. Hatte ich eigentlich erwähnt, wie lange wir verheiratet sind?

Vorschnell habe ich keine Entscheidung getroffen. Es handelt sich nicht um eine Illusion. Es ist mein inniger Wunsch.

Jeden Tag werde ich dafür gescholten. Menschen, die sich am wenigsten um mich gekümmert haben, wissen genau, was gut für mich ist. Ich dagegen habe das gesamte vergangene Jahr mit mir verbracht und mich um mich gekümmert. – Manchmal weiß ich nicht, was gut für mich ist. Rausschreien möchte ich es, halt, ich muss sachlich bleiben, vernünftig sein, realistisch in die Zukunft sehen.

Ich möchte wieder als Hebamme arbeiten, mein Glück, meine Seligkeit, mein Ein und Alles!

Mein Fazit

Es ist unglaublich und fast unheimlich, ich habe es geschafft, – ja, ich, Gerlinde Lange – ich war, ich bin ein Jahr zu Hause. Das konnte ich bisher lediglich im Jahr 1964 von mir behaupten. Zwei Kleinigkeiten unterscheiden allerdings die Jahre 1964 und 2012. 1964 trug ich einen anderen Nachnamen, und ich spielte sehr gerne im Garten. Im Jahr 2012 stehe ich zum Nachnamen meines Mannes, aber ich spiele nicht mehr gerne im Garten.

Die Gerlinde Lange, welche ich bis zum Jahr 2011 kannte, gibt es nicht mehr. Eigentlich schade, ich konnte sie ganz gut leiden, wir kamen miteinander aus. Zuerst bin ich davon ausgegangen, dass die heutige Gerlinde Lange nur anders ist, tatsächlich jedoch ist sie neu. Ich habe Heimweh nach der alten Gerlinde, manchmal fehlt sie mir. Aber ein ›Zurück‹ wird es nicht geben. Schon höre ich gut gemeinte Kommentare: »... natürlich bist du wieder die Alte, gut siehst du aus, wir freuen uns ...«, aber es stimmt nicht. Hier steht eine neue Gerlinde Lange, die ungefragt und keineswegs freiwillig durch ein schweres Jahr gewandert ist. Gut, das mit dem Neu muss ich relativieren. Einige medizinische Hilfsmittel waren notwendig, um mein jetziges, recht ordentliches und vor allem neues Outfit zu erreichen. Nein, alles werde ich nicht preisgeben. Ein simples Beispiel muss genügen. Inzwischen habe ich es auf eine stattliche Anzahl von Brillen gebracht. Eine Brille für dicht, eine für weit, eine für hell und für dunkel – nur zum Schlafen brauche ich noch keine.

Ach ja, mein Gangbild ist komplett neu. Gern tippelte ich mit kleinen Schritten flink um die Kurve, das gehört der Vergangenheit an. Heute gehe ich sehr konzentriert, leider auch sehr kontrolliert, jedoch auf gar keinen Fall flink um die Kurve.

Ist es nicht brillant, mit welcher Selbstverständlichkeit ich schreibe, dass ich laufen kann. Derzeit ist es der größte Luxus, den ich mir je gegönnt habe.

Dieses eine Jahr hat so viel Inhalt, und das zwischen Küche und Korridor. Sie sind eindeutig meine Hauptaufenthaltsorte, gefüllt mit Raritäten, mit Fantasien, mit kleinen Schummeleien und mit rührendem Mitgefühl. Wer kann das von seiner Küche schon behaupten?

Räumlich sind die Kapazitäten in unserer Küche inzwischen begrenzt, auch mental müssen wir haushalten, zu schwer tragen wir noch an manchem Detail. Nein, neue Freunde wollte ich nicht; deutlich werde ich jedem Weggefährten oder Betroffenen die Hand reichen, aber bitte nicht bis in mein Herz. Es hat so viel aushalten müssen.

Eine Person hat dennoch geschafft, was eigentlich undenkbar ist. Sie hat mich erobert, sie hat meine Familie beeindruckt und gemeinsame Freunde um Hilfe gebeten. In einer Zeit, in der meine Seele keinen Neuzugang wünschte, brachte sie viel Leben in meinen Kopf, in meinen Bauch und in meine Füße. Kerstin, wir sind alle ein bisschen zusammengerückt, natürlich haben wir Platz für dich. Eine Besonderheit wirst du immer dein Eigen nennen. Du kennst mich nur mit einem Fuß. Du hast mich so genommen, wie ich heute bin.

Mein erstes Konzert, das ich nach der schweren Zeit besucht habe, war deine Idee. Fast schäme ich mich, du hast es nicht nur organisiert, du hast es auch finanziert. Die ersten Kastanien dieses Herbstes kletterten aus deiner Hosentasche und selten ist mir ein Mensch mit so viel Herzensbildung begegnet. Kerstin, dich muss der Himmel geschickt haben. Nein, es war Sybille. Unsere leise, langjährige, seit vierunddreißig Jahren andauernde Freundschaft war an einem Punkt angekommen, wo wir Hilfe zulassen mussten.

Sybille, das hast du gut gemacht!

Mein Jahr hat mir viel gebracht. Oft sitze ich in meinem geliebten Rollstuhl und denke über die vergangenen Monate nach. Der Rollstuhl hat es verdient, besonders erwähnt zu werden. Er war mein treuester Freund, mein immer zur Verfügung stehender Diener; er hat nie dazwischen gequatscht, und er war nicht wählerisch. So wie ich am Tag drauf war, so hat er mich genommen. Wer hätte das sonst aushalten sollen? Gerade in den ersten Wochen haben wir beide Dinge erlebt, die sich selbst ein erfahrener Rollstuhl nicht hätte vorstellen können. Sechs Stunden am Tag waren wir miteinander allein. Drei Stunden habe ich geweint, und die verbleibende Zeit haben wir versucht miteinander klarzukommen. Wir waren sozusagen Partner. Steckengeblieben sind wir zwischen Waschmaschine und Wäschetrockner. Eine Stunde

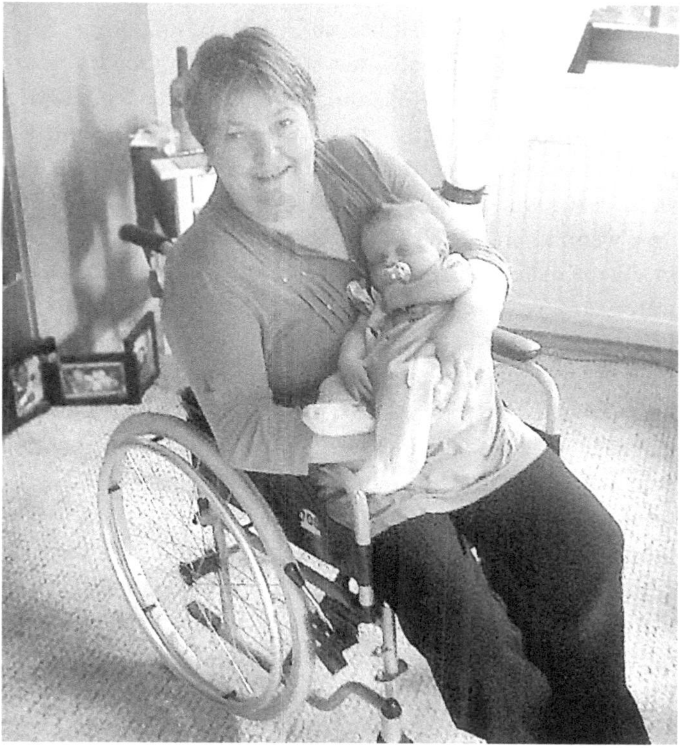

Der kleine Friedrich war das erste Baby, dessen Mutter ich nicht mehr bis zur Geburt betreuen konnte.

lang haben wir alles versucht, dann haben wir leise gewartet, bis mein Mann nach Hause gekommen ist. Niemandem werde ich sagen, wieviel Zeit bis dahin vergangen war. Der Wäschetrockner steht seitdem auf der Waschmaschine. Sieht gewöhnungsbedürftig aus, hat jedoch einen Quadratmeter Platz gebracht. Weder Rollstuhl noch Wäschetrockner haben mir Vorwürfe gemacht. Perfekt sind der Rollstuhl und ich nicht geworden, aber wir haben eine Geschicklichkeit entwickelt, die wir oft stolz präsentieren. Größte Freude ereilte uns, wenn es an der Haustür klingelte. Dann sind wir beide in einem ›Affenzahn‹ zur Tür. Die Post- und Paketzusteller waren unsere häufigsten Türsteher. Natürlich nahmen wir Pakete unserer Nachbarn an. Wir wurden gebraucht. Die Sache hatte zudem einen positiven Nebeneffekt. Die Pakete mussten nachmittags wieder abgeholt werden. Die Paketzusteller waren uns dankbar, nur Zeit hatten sie keine. Sie sind winkend zum Auto gelaufen, als wäre der Teufel hinter ihnen her, müssen komische Arbeitsbedingungen haben. Wenn man einsam ist, macht man sich seine Gedanken. Zum Glück hat sich alles etwas relativiert. Klar, die Pakete nehme ich weiterhin gerne an. Aber ich schaue den Zustellern nicht mehr traurig hinterher. Es kommt vor, dass ich den Rollstuhl vergesse und allein zur Tür laufe.

Häufig sitze ich gedankenversunken im Rollstuhl und denke darüber nach, was ich in diesem Jahr alles geschafft habe. Oh, ich habe allerhand erreicht, ich bin ein Held.

Oft habe ich in den letzten Wochen über meinen Mann nachgedacht, war ich doch seinetwegen in größter Sorge. Behutsam, sehr behutsam wird es heller und leichter, wenn er in die Tür kommt. Wenn es ihm wohl zumute ist, marschiert er pfeifend herein. Benutzt er dann noch sein ureigenes Wort ›Schlawiner‹, weiß ich, heute ist ein guter Tag. Sich gegen dieses Wort zu wehren, hat keinen Sinn. Hat er einmal festgelegt, dass ich ein Schlawiner bin, dann ist es so. Übersetzt heißt Schlawiner, glaube ich jedenfalls: »Na, was hast du heute angestellt, ist alles okay?« Ich freue mich so sehr für ihn, hatte es ihn doch am schwersten getroffen. Wir haben uns wieder. War ganz schön wacklig zwischendurch.

Natürlich habe ich noch einige Rechnungen offen, muss mir ja noch Aufgaben für die Zukunft lassen. Nichts ist schlimmer, als nichts mehr vorzuhaben.

Viele nette kleine Gesten erleichterten mir meine ersten Gehversuche. Mein Kopf und meine Füße mussten wieder leben lernen. Mein Herz auch, aber das nahm ich selbst in die Hand. Da lass ich keinen mehr ran.

Nennenswert ist unsere Nachbarschaft. Wir sind vier Familien, wie es sie unterschiedlicher kaum gibt. Auf relativ engem Raum müssen wir Sonne, Mond, Regen und Wind teilen. Es gab im vergangenen Jahr nicht ein Mal Streit um die Größe der jeweiligen Portionen. Mir fielen durchaus Ungereimtheiten auf. Wir bekamen fast immer die Sonne und den Mond. Sie mühten sich mit Regen und Wind. Manchmal war unser kleines Häuschen Schauplatz eigenartiger Begebenheiten. Die Mülltonne und auch die Papiertonne wanderten nach erfolgter Leerung an ihre ursprünglichen Plätze zurück, welche von der Straße nicht einsehbar sind und erstmal gefunden werden müssen. Da habe ich mich aber mit meinem Rollstuhl auf die Lauer gelegt. Kleines Bad, hinteres Fenster, Augen und Ohren auf. Wer zieht kämpfend, wegen der leicht rostenden Räder, am Badfenster vorbei? Unser Nachbar. Eigentlich ist er Elektroingenieur. In diesem Moment war er nur ein guter Mensch. Geoutet hat er sich bis heute nicht. Dieses Spielchen spielen wir seit elf Monaten. Ich glaube, wir wissen beide, dass wir es wissen. Erstaunlich, wie ausführlich man über ein einfaches Problem berichten kann. Kommen einem die natürlichsten Sachen der Welt abhanden, weiß man sie zu schätzen. Mir wird jedes Mal warm ums Herz, wenn unsere Entsorgungstonnen ganz allein zurückfinden. Ja, dieses Jahr war mir ein guter Lehrmeister.

Mein nächstes Buchprojekt müsste heißen: Außergewöhnliche Menschen des Jahres 2012. Da ich nicht so lange warten kann, möchte ich abschließend auf einige bisher nicht erwähnte Wegbegleiter eingehen. Und auf Kuriositäten, die unseren Umständen geschuldet sind. Dann ist Schluss.

Eine Kollegin aus unserem Krankenhaus, die nicht zu den Hebammen gehört, versuchte im vergangenen Jahr so manches Mal, mit mir, mit meinen Stützen, meinem Gangbild und meiner Angst umzugehen. Sie war für den technischen Bereich zuständig. Was haben wir das Einsteigen ins Auto geübt. Es ist entsetzlich, wenn man mit dreiundfünfzig Jahren die einfachsten Dinge des Alltags nicht mehr beherrscht. Ein jämmerliches Bild. Sie zog, ich stoppte, die Autotür ging nicht weiter auf, die Stütze lag längst im Dreck. Und bloß kein falsches Wort sagen, dünnhäutig war ich auch noch geworden. Das Auto schüttelte schon mit dem Kopf, wenn wir beide anrückten. Als wir es geschafft hatten, keine zehn Pferde hätten mich aus dem Auto bekommen. Sie fuhr mich durch die Stadt, immer wieder. Kerzengerade saß ich. Ich wollte was sehen und ich wollte gesehen werden. Das Gefühl war außergewöhnlich. Ich hatte es so herbeigesehnt.

Viel Kopfzerbrechen bereitete mir das Arzt-Patientenverhältnis. Mein Leitspruch über viele Jahre lautete: In einer guten Beziehung dominiert mal der eine und mal der andere

Partner. Bring das mal deinem Hausarzt bei. Manchmal war ich richtig wütend, nein, ich nehme es nicht zurück. Vor mir sitzend sagte er ruhig und freundlich, was für die nächsten Wochen notwendig ist. Er hat mich nicht gefragt, er hat es gewusst. Das Anstrengendste an der Angelegenheit war, dass es stimmte. Dann und wann hatte ich mir vorgenommen, ihm eine echte Herausforderung zu präsentieren. Meine Pläne nahmen zeitweise absurde Formen an. Er nahm es gelassen; er hatte sich darauf spezialisiert, mich nicht aus den Augen zu verlieren. Er, das ist Dr. J. Albertus – ja ich stehe zu jedem geschriebenen Satz. Heute Abend gebe **ich** mal eine Bewertung ab. Ich habe mich von einem todkranken, über einen schwerkranken zu einem einsichtigen Patienten entwickelt. Wir haben beide einen Orden verdient.

Eine der noch offenen Rechnungen, von denen ich geschrieben habe, betrifft meinen Hausarzt. Ich muss ihn unbedingt davon überzeugen, dass es mein aller sehnlichster Wunsch ist, noch einmal als Hebamme zu arbeiten. Hierfür muss ich schwerere Geschütze auffahren. So schnell kippt er nicht. Aber welche nehme ich? Spätestens der zweite Treffer muss sitzen. Naja klar, ich bin eine Frau. Hat er wahrscheinlich schon bemerkt. Ich weiß nicht, ob das reicht. Zusätzlich könnte ich noch meinen Seltenheitswert an Willenskraft mit in die Waagschale legen. Ja, ein bisschen pendelt sie zu meinen Gunsten, jetzt bloß keinen Fehler machen. Nun in aller Deutlichkeit. Ich habe nicht mehr unendlich viel Zeit und weiß nicht, ob sie im Himmel Hebammen brauchen. Das muss er verstehen!

… Heute ist der 7. Oktober 2012. Vor einem Jahr war ich Patientin der Intensivstation. Fünf Tage durfte ich meinen Fuß noch behalten. Ich werde mein Buch nun schließen. Jetzt möchte ich allein sein, mit meinem Fuß und meinen Erinnerungen.

Schreiben werde ich wieder ... später.

Unglaublich – nach allem, was ich durchgemacht hatte, schon nicht mehr an ein Hebammenleben glaubend – am 9.01.2013 war die kleine Rosa das erste Baby, dem ich in meinem neuen Leben auf die Welt geholfen habe. Auch ihre Schwestern Jolina und Clara erblickten mit meiner Hilfe das Licht der Welt. Für mich wurde mein größter Traum wahr – mein Glück, meine Seligkeit, mein Ein und Alles!

Karina Albrecht | Elke Steckhan

Distel im Wind

Eine Kindheit in Vorpommern und andere Katastrophen

Das bäuerliche Anwesen der Großeltern war für Karoline Lewin in den 60er-Jahren das Paradies auf Erden. Schule fand sie vollkommen überflüssig – alles, was im Leben wichtig war, lehrten sie doch die Großeltern. Viel Rätselhaftes musste erforscht werden: warum die Ärmel am Gewand des Pastors so weit waren, dass gut und gerne Großvaters Sau samt ihren acht Ferkeln darin Platz finden würde, weshalb man Himbeeren nur im Mondschein essen sollte und warum nicht viel Gutes dabei herauskommt, wenn die Kuh durchs Dorf getrieben wird. Auch die seltsame Angewohnheit der Westverwandtschaft, ihr eigenes Klopapier mitzubringen, war eigenartig.
Die Erkenntnis, dass Probleme nur maskierte Gelegenheiten sind, erweist sich bei der Suche nach den Antworten für Karoline Lewin als unschlagbare Waffe.

185 Seiten | Klappenbroschur | VK-Preis: 12,90 € (D)

ISBN 978-3-943168-16-7

www.spica-verlag.de